主编／高长梅 王培静

◎文学新观赏·青少年读写范典丛书

母亲爱听悄悄话

赵明宇 著

MU QIN AI TING QIAO QIAO HUA

花山文艺出版社

图书在版编目(CIP)数据

母亲爱听悄悄话 / 赵明宇著. —石家庄：花山文艺出版社, 2013.6（2021.6 重印）
（"读·品·悟"文学新观赏·青少年读写范典丛书）
ISBN 978-7-5511-1044-0

Ⅰ.①母… Ⅱ.①赵… Ⅲ.①小小说—小说集—中国—当代 Ⅳ.①I247.8

中国版本图书馆 CIP 数据核字（2013）第 112033 号

丛 书 名：文学新观赏·青少年读写范典丛书
主　　编：高长梅　王培静
书　　名：**母亲爱听悄悄话**
作　　者：赵明宇

策　　划：张采鑫
责任编辑：郝卫国
责任校对：齐　欣
特约编辑：李文生
全案设计：北京九洲鼎图书有限公司
出版发行：花山文艺出版社（邮政编码：050061）
　　　　　（河北省石家庄市友谊北大街 330 号）
销售热线：0311-88643221
传　　真：0311-88643234
印　　刷：永清县晔盛亚胶印有限公司
经　　销：新华书店
开　　本：710×1000　1/16
字　　数：155 千字
印　　张：12
版　　次：2013 年 7 月第 1 版
　　　　　2021 年 6 月第 2 次印刷
书　　号：ISBN 978-7-5511-1044-0
定　　价：36.00 元

（版权所有　翻印必究·印装有误　负责调换）

读,是为了更好地写

高长梅

阅读的目的是长见识,是提升自己的文化素养。这是"读"的基本意义。

很多时候,我们的阅读也无任何的目的,就是为了消遣,为了解闷,为了打发时光。其实,这是"读"的另一种境界。

但对学生乃至爱好写作的人而言,"读"还是为了"写",即人们常说的"读写结合"。这,却是大有讲究的。

"读什么","怎么读","读"如何促进"写",这个问题困扰人们少说也有两千多年了。外国不言,单说我国自《诗经》始,《四书五经》到《千家诗》《古文观止》《唐诗三百首》,哪一个的"读"不涉及后人的"写"?"熟读唐诗三百首,不会作诗也会吟"就说明了"读"和"写"的朴素关系。

"读"于"写"的第一点,当是语言的积累。对绝大多数人而言,"会说"也"能说"几乎是与生俱来的,但这些不一定就是我们写作的语言。即使你"会说"、"能说",但不一定能准确表述你的想法,你的所见所闻;尤其是不一定能用丰富的、生动的、形象的语言或简洁的、凝练的、科学的语言来描述人或事物或观点。写作当如建房,没有各式各样的语料积累,其结果可想而知。巧妇难为无米之炊,再牛的能工巧匠没有基本的建筑材料他也盖不起房子来。但语言积累,不是简单的语言记忆,要内化为自己的,要在自己的胸中发酵,要让它带上自己的思想、情感。这样,在写作运用时,就不会是简单的模仿甚至抄袭。即使是原句引用,也会与你的文章融为一体,恰到好处。初学写作者,常常苦恼自己词汇少,不能准确表述自己的思想；或苦恼自己写得干巴巴的，没血没肉；或苦恼自己虽写得字通句顺，却不像别人写的那样摇曳多姿；等等。多积累语言，是根治这种"疾病"的唯一药方。因此，我们在"读"时，就要看别人是怎么用字、怎么用词、怎么用句……来描写、叙述、来情、议论的。

"读"于"写"的第二点，当是技巧的化用。"我手写我心"，看似简单轻松，看似随意，但正如建房，砖头、瓦块、木料等都摆在了你的面前，却不是任何人都建得了房的，你得有建房的技能。写作也是一样，你得掌握一定的技巧。人物怎么描写，事件怎么叙述，情感如何抒发，道理如何论证，等等，你得掌握其基本的方法，然后才能"心到手到"，写出一篇像样的文章。我们要像建房者，先做"小工"，看人家是如何砌墙、如何粉刷的；然后做"匠人"，亲自实践，在模仿中掌握其方法，逐渐为我所用；"匠人"做多了，熟练了，就成了"师傅"。"师傅"一级，技巧娴熟，房建得漂亮。而用心的"师傅"爱钻研，爱琢磨，结合他人的方法创造出更好的新方法，他就成了"建筑师"。写作同理。我们不少阅读者，语言的积累比较重视，但琢磨人家写作技巧的不多，所以文学爱好者不少，但成为作家的就少多了，原因大概与这有一定的关系。因此，我们在"读"时，就要看别人是如何选择材料、如何谋篇布局、如何安排结构、如何运用表达方式、如何布置情节……看他们如何安排重点、如何把人物写活、件、如何条分缕析丝丝入扣、如何巧妙起承转合……

"读"于"写"的第三点，当是思想的融合。有了语言的积累，也掌握了一定的技巧，文章也写得是这么一回事了。但你的文章仅仅止于此，那也不过如同一栋能住人的房子而已。一篇文章品质的高低，除了语言的准确、生动、丰富、优美、灵动……除了构思的奇巧、结构的多元、情节的波澜、布局的精妙、手法的多变……是否有思想就显得格外重要。我们常说，这篇文章语言优美，构思巧妙，但立意不高。我们还常说，这篇文章不仅语言优美，构思巧妙，而且立意高，有思想。一篇仅靠语言打扮的文章，就好比一个俗人涂脂抹粉；一篇仅靠卖弄技巧和语言的文章，就像一个没有灵魂的美人卖弄风骚而已。语言可以记忆，技巧可以模仿，但思想要靠领悟，要融入作品之中去反复地阅读，要从深层次去寻找作者的精神。有的人的文章写得很美，技巧也妙，但就是没有深度、没有思想、没有灵魂、没有底蕴，往往就事论事，往往只是当复印机，复制了场景，复制了人物，复制了事件，但都是没有活力、没有生气、没有精神的。在阅读中提升自己的思想，的确常被我们忽视。思想靠别人的潜移默化来，精神也靠别人的影响而来。我们常听说在阅读中提升了自己，净化了自己，受了一次洗礼似的教育，等等，大约就是指这些吧。所以，我们在"读"时要琢磨别人是如何通过人物的描写表现人物的思想、精神，琢磨别人如何通过将一般人眼中的小事、凡事写出其社会价值，琢磨别人如何从一滴露珠看出太阳的光芒……如何选择语言材料最准确、最鲜明地表达出思想内容而非干巴巴贴标签，如何通过景、人、物悟出其蕴含的道理而非故弄玄虚牵强附会……

"读"于"写"的第四点，当是情感的交融。文章当有情，无论你是否抒了情，情就不自觉地流出了你的笔端。阅读中，我们除汲取作者的语言养料、技巧养料、思想养料外，还要品味、感受作者的"情"。与作者同悲，与作者人物同喜，置于作者笔下的优美环境而赏心悦目，等等。这就是受作者之"情"的"滋润"。文章是否感人，除了语言、思想外，有无"真情"很重要。朱自清的《背影》靠的是"情"的打动，鲁迅的《记念刘和珍君》这篇"血写的文章"其实靠的也是"情"的喷发。一篇只有华丽的语言而无思想的文章犹如没有灵魂的躯壳；一篇即使有非凡高度思想而无情感的文章也不过是一具可能具有文物考古价值的木乃伊。但"情"在文中的宣泄如何把握，这也是我们在阅读中要学习的。这也是我们常犯的错误。写作中我们或无病呻吟虚假瘆人，或情溢滥觞叫人发腻。让"情"如何恰到好处，非向好文章学习不可。这样，我们在"读"时，就要仔细琢磨别人是如何选择写作语言表达出作者的喜怒哀乐之情，如何传递作者人物的喜悦、哀思、忧怨、恋情,或深、或浅、或缠绵、或热烈,或似小溪的舒缓、或似大海的波涛、或似斗室之花的温柔、或似山野之花的奔放……看作者如何褒贬对象,看作者如何措辞达意致情,看作者如何巧借人、事、景、物以寄寓情感……

"读"于"写"的第五点,当是风格的鉴赏。所谓风格,它是一个作家成熟的标志,是作者在文章(文学作品)中表现出来的艺术特色和创作个性。我们鉴赏其风格,主要是学习他如何创造和完善文章(作品)的风格,也就是看作者在处理题材、驾驭体裁、描写形象、表现手法、运用语言等方面各有什么特色,最终形成了怎样的风格。这些风格,最后成了一个作家个性化的标志。当然,这是"读"的高要求了。琢磨多了,实践多了,很多写作者也形成了类似的风格,便也融入了原作者的风格之中,也就形成了"派"。比如"荷花淀派"、"山药蛋派"、"读者体"、"知音体",等等。当然,也不能简单模仿,也要适时变化,否则当年散文必"杨朔式"、小说必"欧·亨利式"的文学闹剧就会重演。

习作者若能此,写出好文章就有可能了。

弄明白了这些,还有一个重要的问题是选择什么样的读物。读名著,当然好。但很多名著由于作者所生活的时代不同,社会环境不同,或阅读者的阅历不够,文化积累不够,不一定读得懂,更不用说借鉴于自己的写作了。

基于此,我们推出了这套《文学新观赏·青少年读写范典丛书》。这些作品,不是名著,但是属于好作品;没写重大题材,但大都真实反映了社会生活的变迁,人们精神面貌的焕然一新;没有高深莫测的技巧,但或平实、或奇巧、或清新可人、或浓郁奔放,更适合青少年读者学习、借鉴。

 **第一辑　青青园中葵**

笑杀……………………………………………… *002*
目光……………………………………………… *004*
青青园中葵……………………………………… *006*
我和老师有约…………………………………… *009*
把钥匙交给小蒙………………………………… *011*
凤子姑…………………………………………… *013*
林老师…………………………………………… *015*
小红花…………………………………………… *017*
傻二叔…………………………………………… *020*
画爸爸…………………………………………… *022*
咸菜开花………………………………………… *024*
我叫李歪瓜……………………………………… *026*
好汉……………………………………………… *028*
二叔的幸福生活………………………………… *030*

 **第二辑　母亲爱听悄悄话**

那年的鸡蛋……………………………………… *034*
树叶钱…………………………………………… *036*
永远的牵挂……………………………………… *038*

母亲爱听悄悄话…………………………………………… *040*

母亲的夏日………………………………………………… *042*

母亲的纸条………………………………………………… *044*

请母亲吃饭………………………………………………… *046*

卖不掉的公鸡……………………………………………… *049*

我家的故事………………………………………………… *052*

父亲的秘密………………………………………………… *054*

父亲的微笑………………………………………………… *056*

我的读者…………………………………………………… *058*

闺门旦……………………………………………………… *060*

男旦………………………………………………………… *062*

戏子补丁…………………………………………………… *064*

 第三辑　在地图上旅游

巧巧的辫子………………………………………………… *068*

徐飞飞的音乐会…………………………………………… *070*

手不朽……………………………………………………… *072*

腿罢工……………………………………………………… *074*

种树的女人………………………………………………… *076*

谁是凶手…………………………………………………… *078*

在地图上旅游……………………………………………… *081*

能耐………………………………………………………… *083*

民间刘邦…………………………………………………… *085*

福婆……087

借钱……089

小花伞……091

帮扶……093

 第四辑 窗台上的小花

晴晴……096

窗台上的小花……098

女黑头……100

麻红脸……102

青衣……104

武生……106

跑龙套……109

醉花脸……111

名丑瘦三……113

小生杨谦……115

闲人麻六……117

泥人胡四……120

水红色旗袍……122

姜老汉,何老汉……125

采访……127

第五辑　元城第一笔

鸟人鹿三 ……………………………………………… *132*
元城锁王 ……………………………………………… *134*
元城师爷 ……………………………………………… *136*
元城蛇妇 ……………………………………………… *139*
飞贼毕三 ……………………………………………… *141*
泥人打鼓 ……………………………………………… *144*
送你一串红灯笼 ……………………………………… *146*
公子秦三 ……………………………………………… *149*
偷窥 …………………………………………………… *151*

第六辑　一棵树的森林

一棵小枣树 …………………………………………… *154*
木锤 …………………………………………………… *156*
村长老索 ……………………………………………… *158*
你好 …………………………………………………… *161*
一棵树的森林 ………………………………………… *163*
晒太阳 ………………………………………………… *165*
残疾人 ………………………………………………… *168*
二纪委 ………………………………………………… *170*
马二嫂 ………………………………………………… *172*
二十个 ………………………………………………… *173*
索赔 …………………………………………………… *176*

第一辑

青青园中葵

笑　杀

叶枯草黄的初冬，一派肃杀景象，我在通向元城的大道上疾走如飞。

说白了，我这一次去元城是复仇，要杀掉一个叫牛二的屠夫。

天空中飞过戛然长鸣的雁阵，我不由得抬头望一眼怒卷的乌云，然后抽出腰间利刃。寒光闪过，我仿佛又看到三年前的那一幕。

三年前我还没有进入武林，还是一个自尊心很强的瘪三。三年前的我驾着驴车去东山拉炭，走在车水马龙的元城大街上，驴车吱呀呀唱小曲儿，驴打着响鼻伴奏。萝卜咸菜吃多了，我的嗓子不争气，猛一咳嗽把一口痰吐出来了。那一口黏黏的痰没有落在地上，而是落在一个扫帚眉三角眼的人身上。这人上来就是一通老拳，把一天只吃一顿饭、饿得正心慌的我打得眼前星光灿烂。有人劝他说，算了吧牛二，人家出门在外也不容易。我像一根豆芽菜一样晃了几下，定睛一看，眼前这叫牛二的小子正咬牙切齿地望着我，恨不得要把我吃掉。这牛二，下嘴唇托着上嘴唇，嘴巴是地包天，气急败坏地冲我说，老子新买的鞋，今儿去相亲，你说多晦气。

我弯下腰满脸堆笑地用自己的衣袖子去擦，牛二又揍我一巴掌说，去，你小子还嫌老子的衣服不脏啊？我眼巴巴地望着他说，那咋办？不行你就吐我一脸吧。牛二轻蔑地冷笑说，我才不吐你呢，你伸出舌头给

老子舔干净了。

这时候,很多人围上来看热闹。大家齐声喊,舔啊,舔啊。哈哈哈——

我哭了,跪在牛二面前说,我给您擦干净还不行吗?

不行!牛二的眼珠子睁得像狗蛋。牛二说少啰唆,老子是杀猪的,还不相信收拾不了你!

众目睽睽之下,我像饮了半碗砒霜。我只得俯下身子,像狗一样伸出舌头把那带着我体温的浓痰舔得精光。

这一幕,整整在我的脑子里回放了三年。此时,我感觉胸中一团火在燃烧。

我攥紧了腰间利剑。

正午时分来到了城北门,两侧商幌飘飘,人群熙来攘往。我一阵口渴,不妨先喝口茶,然后再去杀屠夫牛二。

茶馆主人是个老妪。老妪端上来一壶茶,笑眯眯地说,客官从哪里来,怎么一脸的杀气?

我不禁一怔,心想她怎么看出我一脸杀气?

老妪面慈,笑眯眯的样子很像疼爱我的外婆。过一会儿,元城就要血溅高楼,尸滚大街,我哪里还顾得上多想。若不是这老妪笑眯眯地让我觉着温暖,我恨不得先杀了她祭刀。

一阵风吹来,扬尘迷了我的眼睛,我把眼睛揉得通红。

老妪说客官别动,踅身回到屋里拿来一团棉花,然后从脑后的发纂儿上取下一个银簪。我警觉地说,你想干什么?老妪依然笑眯眯地说,你眯了眼,我给你把沙尘取出来。老妪小心翼翼地用银簪把我的上眼皮翻开了,凉丝丝的,又一次让我想到外婆。以前眯眼了,外婆也是这样给我翻开上眼皮,然后用棉花把沙尘擦去。

老妪用棉花轻轻一拭,说,客官,你试试,感觉咋样?

我眨巴几下眼睛,沙尘没了。我感激地冲老妪一笑。

三年来，我还是第一次笑。

老妪说，你笑的样子真好看。

是吗？我又笑了一下说，你为什么一直对我微笑？

老妪又说，客官是个好人，只是眉宇间有一股杀气，你这一笑，杀气消了。这微笑就像果子，你种得多，收获得就多。你想得到微笑，首先就要先种植微笑。

我端起茶一饮而尽，站起来冲老妪抱拳，下意识地用手去攥腰间的宝剑，准备转身告辞。谁知我的手摸空了，不禁大惊失色。宝剑呢？一个武林高手怎么能把宝剑丢了？

老妪微微一笑，手指远处的一棵杨树说，客官你看。

我顺着老妪的手指望去，只见远处的杨树梢上插着一把宝剑。

我大骇，跪在老妪面前。

目　　光

母亲爱听悄悄话

我像一个皮球，被继母的骂声踢出了家门。

走在元城大街上，仰头看一下刺眼的阳光，我觉着眼前的一切熟悉又陌生，甚至可恶。我忽然想起了阿强，此时此刻，如果阿强在我身边就好了。

我决定先凑够1000块钱，然后离开元城，永远离开这个家。怀念阿

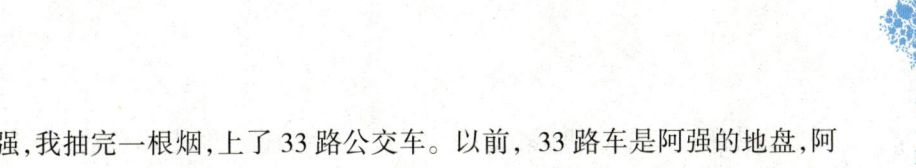

强,我抽完一根烟,上了33路公交车。以前,33路车是阿强的地盘,阿强就是在33路车上出事的。

走了几站,上来一个拄拐杖的老人,脸上像是贴了一层枣树皮。车里没有座位了,也没人给他让座。随着车的摇摆,我用眼角的余光看到老人一个趔趄,就伸手去搀扶,然后把我的座位让给他。我说,老人家,您坐我这里吧。老人的脸上笑得像一朵干枯的菊花,不停地点头,跟我说了一连串的谢谢。

老人坐下来,嘴却不闲着,问我到哪里下车。其实,我也不知道要去哪里,我就胡乱告诉他到陈庄。他的眼睛一亮,说小伙子你还得帮我一个忙。我说我能帮你什么?老人说,陈庄有个陈老头,在村口摆了一个烟酒摊,麻烦您把这个东西捎给陈老头。说着就从口袋里掏出来一个纸包递给我。

我一时不知道该怎么回答眼前的老人。我说你这个纸包里不会是别的东西吧?

我的话不是没道理。有朋友在火车上给陌生人捎东西,被查出来是毒品,有嘴也说不清。

老人好像看出了我的心思,说你打开看看。我打开,竟是一沓子钱。老人说,这是我欠陈老头的两千块钱,麻烦您带给他,老朽先谢谢你了。

不好再推脱,我极不情愿地接过来那包钱说,素不相识,你就不怕把你的钱带走啊,骗了你咋办?

老人笑笑说,小伙子,你不会骗我的。

我说你不认识我,咋知道我不会骗你?

我信任你。老人说,从你的目光里能看出来,你是个好人。

我心里一热,好像自己一下子光芒万丈了。长这么大,还是第一次有人说我是信得过的好人,第一次有人给我这样的奖励。

老人站起来,笑眯眯地拍拍我的肩膀说,小伙子,我该下车了,拜托你了。

到陈庄村口一打听就找到了陈老头的烟酒摊。我把那包钱送给陈老头时,陈老头说,是张老头给你的吧?我说我不知道是张老头还是李老头,他让我把这包东西送给你。说完,我转身欲走。陈老头喊我,年轻人等一下,你偷张老头的钱了吧?

我脑海里一声巨响,犹如惊雷。

陈老头像讲故事一样说,张老头的儿子死了,儿媳妇跟人走了,他带着孙子阿强过日子。几个月前,阿强在33路公交车上掏包被便衣警察发现,慌乱中又捅人一刀,被判了六年。

我心里咯噔一下,不由得用手去摸口袋里的五十元钱。我疑惑地问,那他为啥让我转交给你这包钱呢?

陈老头说,张老头每天都在33路车上。你偷他钱的时候,他就已经知道你了。实话告诉你吧年轻人,我和张老头都是干这一行的,论辈分是你的祖师爷。我俩从监狱出来就发誓洗手不干了,一起摆了这个烟酒摊。

我从口袋里掏出来那50元钱,却变成了一张纸,上面画着张老头,正在冲我笑。

青青园中葵

闪过年,春风一吹,草芽儿争相拱破土层,田野上很快就绿了。满头银丝的老校长心里像个不安分的娃,左一下,右一下,在校园里撞来撞去。

这是一所乡村中学。老校长刚来这里的时候,还是年轻的小伙子,几十年的光阴把他的满头乌发染白了。学生走了一茬又一茬,泥土垛起来的教室变成了高高大大的教学楼。

老校长已经办了退休手续,今天是最后一天上班。他站在一个教室的窗前,隔着玻璃向里面观望,教室里鸦雀无声,四十八个小脑袋像一颗颗顶着朝露的向日葵。老校长心头似有清泉倏然流过,眼睛眯成了月牙儿。

儿子也是从这所学校走出去的,如今是县里的教育局长。儿子要老校长退休后到县城住。老校长说住不惯你们的楼房,儿子就给老校长买了一座四合院。

老校长望着校园,不由得摘下眼镜来擦拭泛潮的双目。有一伙人来送他,是学校的全体教师。一个女教师说,老校长,我们都期待着您常回家来看看。老校长有些哽咽了,像孩子一样使劲儿点点头。他记得这个女教师曾经是他的学生,如今要接替他的位置了。

来到城里,老校长对儿子给他安排的小院很满意。如果老伴儿还在该有多好。老伴儿也是教师,脑溢血,倒在讲台上,再也没起来。

忙碌习惯了,如今陡然闲下来,老校长感到有些无所适从了。沏一壶茶,看书,或到院里走一走,晒晒太阳,百无聊赖的时候到街上游荡。街上有一所学校,老校长隔着大门看到欢跳的孩子,脸上的皱纹就会荡漾开来。

夜里睡不好,总是梦到学校。有一天夜里竟然听到上课的铃声,他醒了,好像是年轻了好几岁,披衣下床,推开门才知道是在做梦。老校长再也不困了,在院里散步到天亮。院里空空的,他忽然有了一个想法。

他把院里的地转揭开了,开垦出一片田地来。儿子说,爸,你疯了?他说,我才不疯呢,我要种向日葵。儿子依他,说,这倒不错,只要你高兴,爱咋就咋。

种向日葵，老校长有经验。在学校时，他办公室门前种了一行向日葵，像一个个可爱的孩子摇晃着脑袋，又像一队列阵的士兵行注目礼。

阳光一副慷慨的样子，在院子里游来荡去。老校长忙活一阵子，出了一身细密的汗，干脆把棉衣脱去了，满头银丝在阳光下闪闪烁烁。老校长先把土平整好，到街上的种子门市买回向日葵种子，埋进土里。然后从水管接了水，用洗脸盆端过来，小心翼翼地让向日葵种子和泥土喝水。老校长数过了，一共是四十八棵，正好和一个班级的学生一样多。

夜里，老校长梦到向日葵破土了，绿色的芽儿顶着露珠，转眼工夫长高了，圆圆的花盘像孩子的笑脸，黄色的花瓣儿异常耀眼。老校长睡不着了，悄悄起来，拿着手电去院里看白天种下的向日葵。

还是和白天一个样子。老校长觉着自己被自己耍了一回，低了头嘿嘿笑。

过几天，向日葵真的发芽了，露出了绿色的小脑袋。老校长买来一把花锄给向日葵松土。

向日葵一天天长高了，绿色的叶片煞是喜人，老校长的心也绿了起来，一片葱茏。老校给向日葵浇水，又像回到了学校。他为这个四合院取名叫葵园。

老校长还为每一棵向日葵都编了号，像上课点名一样，天天数一遍。有一次发现一棵向日葵生虫子了，他戴上老花镜，给四十八棵向日葵从头到脚来了个全面体检。老校长盼着秋天早点儿到来，他要把葵花籽分装成一个个小袋子，送给学校的每个老师和每个班级，让每个孩子都能吃到他种出来的葵花籽。

这天夜里，老校长又一次笑醒了。

我和老师有约

我常常逃学,语文和数学成绩都不及格,被父亲按在凳子上,抡起巴掌,像雨点一样落在我的屁股上。就在我经受痛苦煎熬的时候,武老师来我家,拦住了父亲的胳膊。

父亲气愤地说,这孩子也太调皮了,就知道玩。武老师说,调皮的孩子都是聪明的孩子,傻孩子是不会调皮的。调皮孩子就像一匹烈马,只要降伏了是宝马啊。父亲听得一怔,挠着后脑勺笑了,嘿嘿,武老师说得在理。

武老师带我去她家,给我讲故事,一个个神奇的人物在我眼前飞翔。武老师问我,粒粒,你喜欢吃饺子吗?我说我们家好多天没吃饺子了。武老师说,中午咱们包饺子。

我的眼睛一酸,想喊她一声老师妈妈。

吃完饺子,武老师说,粒粒,你画的画儿挺好啊,等你当上了画家,送给我一幅画好吗?我说我喜欢画画,可是我能当画家吗?我爸说再也不让我瞎画了。武老师说,你现在还不行,20年以后,一定能成为画家。我睁大了眼睛看着她。她说,不信?咱们拉钩,20年以后,我等你给我画一幅大大的肖像,挂在屋子里。

武老师伸出手指,和我羞怯怯的小手钩了一下。

武老师又说,你要先学好语文和数学,这些都是基础,就像盖房子,打不好地基,房子就会坍塌的。再说你以后当了画家,请你讲话,有的字你还不认识,会闹笑话的,是不是?

我使劲儿点点头。

武老师说,只要你努力,会把成绩提高上去的,你能做到吗?

我不知道该咋做,甚至不敢去看她的眼睛。

我低着头说一翻开书本就像看到一堆虫子在我脑子里爬,头疼死了。

武老师笑了,你讨厌这些虫子,这些虫子可喜欢你,不信我教你,你要认真听,每天完成作业,虫子可听话了。就你这么聪明,几天就能赶上去的。不信?咱们拉钩!

我伸出小手,又一次和武老师温热的手指钩在一起。

后来,我的语文成绩上去了,数学成绩也上去了。武老师在讲台上表扬我说,粒粒长大了是要当画家的。还宣布让我负责黑板报的美术设计,正好发挥了我的特长。

考上中学的那一天,武老师说,记住,当了画家一定要先为我画一张像。我说,我会做到的,咱们是拉过钩的。

多年后,我带上画夹去给武老师画像。武老师已经退休了,披着朝霞在院里浇花。

武老师!望着满头银丝的老人,我的声音有些哽咽了。她缓缓回过头来,一脸慈祥地打量我一番说,你是粒粒吧?

我说是啊,我来兑现我的承诺的。

承诺?武老师愣了。我说我答应过你,和你拉过钩,要为你画像啊。

武老师哈哈大笑说,你来得巧,今天正好是我的生日,中午大家聚一聚。

在武老师的生日午宴上,好多人是我当年的同学。有的说,武老师说我能当医生,和我拉过钩,有的说,武老师说我能当作家,也和我拉过钩。

大家叽叽喳喳,鸟儿一样回忆着青葱岁月。望着笑得一脸灿烂的武老师,我掏出画笔,打开了画夹。

把钥匙交给小蒙

时光像水一样漫过来,在人生的河道中奔涌。很多事情沉没了,总会有几个难忘的细节,山一样矗立。

小学五年级的时候,我的临桌周大明有一支红蓝铅笔,画小鸟、画大象,可漂亮了,我们都羡慕他。李小丽从家里偷出来一个苹果掰一半给周大明,周大明才答应让李小丽用他的红蓝铅笔画了一只蜻蜓,把李小丽美得像个凯旋的小公鸡,走路都扭屁股。

我想有一只红蓝铅笔,向妈妈要钱买,妈妈说等卖了鸡蛋才会有钱。我就整天盼着收鸡蛋的小贩。

红蓝铅笔每天晚上都在我的梦里出现。

那天早上第一节自习课,周大明像是忽然被毒蛇咬了一口,大声哭起来,原来他的红蓝铅笔不见了。同学们帮他找,书包里的东西全都抖出来了,还是不见红蓝铅笔。这时候,大家火辣辣的目光盯着我,因为昨天是我值日,走得最晚。周大明像捞到了一根救命稻草,哭丧着脸问我,小蒙,你见我的红蓝铅笔了吗?

我一下子脸红了。我嗫嚅着说,我没见你的红蓝铅笔。李小丽说你没见周大明的红蓝铅笔,你怎么脸红了?一定是你偷了。

我没偷!我急得想哭,想找个地缝钻进去。

周大明哭着去找李老师。李老师把我叫到她的办公室,问我,你真的没见到周大明的红蓝铅笔吗?我的头低低的,说没有。李老师说拾到东西要交公,没拾到就算了,上课去吧。

走进教室,同学们都在小声嘀咕什么,用异样的目光看我。周大明不理我,李小丽也不和我玩了。我郁郁寡欢,上课没心思。有一次李老师提问,喊了我好几次,我还低着头不知道喊谁。

我开始逃课了。有一次到河边的小树林里掏鸟窝,被李老师抓住了,把我摁到教室里。李老师走上讲台,拿着一支红蓝铅笔说,同学们,周大明同学的红蓝铅笔丢在我的办公室了,现在我交给周大明同学。

大家鼓起掌来。

李老师又宣布了一件事,说从今天开始,把钥匙交给小蒙。

我似乎不敢相信自己的耳朵。在我们学校,教室的钥匙就像权杖一样,只能交给全班最信任的人。谁拿着教室的钥匙可是至高无上的荣誉,每天要第一个到学校来开门。一般来说,除了班长和班主任,谁也没有拿钥匙的资格。

直到班长很不情愿地把钥匙交给我的时候,我才相信这是真的。

下课了,李老师笑眯眯地跟我说,小蒙,祝贺你。大家信任你,也希望你以后第一个到学校,尽到一份责任。

嗯嗯。我使劲儿点着头。

后来,我再也没有逃课掏鸟窝,总是第一个来到学校,打开教室,开始学习。李小丽开始和我套近乎,周大明也和我一起踢毽子。

考上重点初中的那一天,我走进李老师办公室,拿出一支红蓝铅笔说,老师,我捡到的铅笔,交给您。

李老师愣了一下说,送给你吧,你每天第一个到校,这是对你的奖励。

我喊一声李老师,泪水就不听话地涌出来了。

凤 子 姑

听娘说有一次凤子姑抱着我,我撒了凤子姑一身童子尿。在我们这里,小孩子尿了谁一身,那是谁的福分,晚年注定要得到这个小孩子的照顾。

小时候,我就成了凤子姑的尾巴,整天跟在凤子姑身后。

有一天下午,公社的放映员驮着放映机来我们村打麦场上放电影,我们一群小孩子高兴得像一群麻雀,不等天黑就叽叽喳喳回家搬板凳占一个好地方。我当然要把这件事情告诉凤子姑了,我还要坐在凤子姑的腿弯上看电影呢,看累了拱在凤子姑的怀里睡。我喜欢凤子姑身上的香胰子味儿。

凤子姑,凤子姑,今晚有电影。我推开凤子姑家的大门,就见凤子姑的爹,老黑爷坐在院里抽旱烟。凤子姑在厢房里,眼睛红红的,潮潮的,我怔住了。

凤子姑揉揉眼睛,拉着我的手说,小星,快去吃饭吧,给姑占个好地方。

嗯。我有些陌生地望了凤子姑一眼,小猴子一样跑回家。

我跟娘说,我见凤子姑哭了。娘说小孩子不要瞎说,吃你的饭吧,过几天是你凤子姑的喜日子,娘带你去吃席。

天一黑,打麦场上人头攒动。电影还没有开始,凤子姑坐在我搬来的板凳上,一只胳膊揽着我。我说,凤子姑,我不吃席,我也不要你离开我。凤子姑笑了,说傻孩子,姑咋能舍得离开你呢。我说你不许骗我,凤子姑说,小星听话,明天姑给你逮蚂蚱回来烧着吃。

我一听就高兴了。我喜欢蚂蚱,特别是拿回家放到娘做完饭的灶膛里焖一焖,焦黄色透着一股香气。我说凤子姑你说话算话?凤子姑把嘴巴压在我的耳边说,姑啥时候骗过你啊?不过今晚你得替我办一件事情,把这个东西给四柱子。

凤子姑把一张纸条塞到我手里,悄悄说,不许告诉任何人,不然的话明天就不给你逮蚂蚱了。

我吸吸鼻子说香胰子味儿真好,然后点点头就去找四柱子。

我在人群里钻来钻去,一只大手伸过来摁住我的头,我一看是老黑爷。我说老黑爷你见四柱子了吗?老黑爷说你找四柱子做啥,小心跑丢了让狗叼去。我又问老黑爷,凤子姑还要我吗?老黑爷说,你凤子姑才不要你呢,你是小屁孩。我一听就哭了,把纸条丢在地上,用脚踩。我说那我才不为她送纸条呢。老黑爷说,小星别哭,爷爷明天给你逮蚂蚱玩,逮个大青头,再逮一个大蹦豆。

老黑爷把我俘虏了。我没有回到凤子姑身边,凤子姑出嫁时我也没有去吃席。不知是什么原因,我不敢见凤子姑,只顾在家哭鼻子。老黑爷连一只蚂蚱也没有给我。

后来听娘说凤子姑被男人打了,住在娘家不敢走。我果然就看到凤子姑了,凤子姑坐在老黑爷的大青石上,抱着一个娃子喂奶。凤子姑的大辫子不见了,留着齐耳的短发,脸黑黑的,远远地喊我说,小星小星,又长高了。

说不出是胆怯还是陌生,我看了凤子姑一眼,扭头就跑。

一晃三十多年过去了,我已是一家公司的老总。闲暇,忽然想起凤子姑来。

一路颠簸找到凤子姑的家,锁着门,邻居说她去放羊了。

终于在村外见到了凤子姑。一个白发老太婆牵着两只羊,身后跟着

一个流鼻涕的傻儿子,袖着手。

凤子姑！我喊一声,眼睛开始发酸。凤子姑打量我一下,满脸沟壑舒展开了,说你是小星啊。

凤子姑,你还能认出我？

凤子姑拉扯着拴羊的绳子说,你这孩子,扒了皮,姑也认识你。走,回家,给俺侄子做饭去。

我说凤子姑,你跟我进城吧,我养你。我的童子尿可是撒到了你身上,你就该我来养。

凤子姑说,小星出息了,姑高兴。姑在家好好的,哪儿也不去。

我拿出一沓子钱给凤子姑,凤子姑推搡着,说啥也不要。凤子姑说,不愁钱,卖一只羊就够我们娘俩过年了。

我把一沓子钱悄悄地塞进凤子姑的枕头下。

我吃了凤子姑做的饭。临走,凤子姑说,姑也没有啥好东西送你,这是自家树上结的枣,姑的一点心意,你要是心里有我这个姑,说啥也得拿去。

回家打开那包枣,妻子愣住了,那一沓子钱躺在红红的大枣中间。

林 老 师

不得不承认我是班上最调皮的男孩子。曾经有好几个老师让我气得哭鼻子,然后跑到我家去告状。当老爸挥起手中的棍子的时候,我已

经像兔子一样跑得无影无踪了。

能逃到哪里去呢？我坐在郊外的河滩上望着天空发呆。

上四年级的时候，林老师做我们的班主任，降伏了我这匹"野马"。

林老师的左眼塌蒙着，睁不开。当她做完自我介绍，走下讲台的时候，我喊了一声"独眼龙"，同学们哄堂大笑，笑得眼睛出水。林老师脸上红一阵、白一阵，捂着脸跑出教室。过一会儿，校长铁青着脸进来冲我一声吼："王小蒙，从现在开始，你可以回家了，让你老爸到学校来。"

老爸把我摁倒在板凳上，抡起大巴掌，雨点一样向我屁股上落下来，疼得我像挨宰的猪一样大声号叫。突然间，老爸的手掌抽筋一样凝固在半空，我悄悄扭过头一看，心里咯噔一下，原来是林老师拦住了老爸的胳膊。

林老师来了，老爸不变本加厉把我屁股打烂才怪呢。

老爸说，别拦我，我打死这个小崽子。

林老师把我扶起来，抚摸着我的头说，疼不疼？我嗅到了林老师身上有花朵一样香香的气息。她的手热热的，软软的，光滑得像一条鱼。我趴在她的怀里哭了。林老师跟我老爸说，你看，小蒙知道自己错了，你就别打了。老爸用刀子一样的目光狠狠地剜了我一眼，又满脸歉意地笑着给林老师让坐。林老师说不坐了，我是来喊小蒙上学的。

林老师牵着我的手向学校走。我吸吸鼻子，嗅着林老师身上的花香。林老师问我，你想知道老师这只眼睛是怎么看不见的吗？我抬头看她一眼，又迅速收回目光，把头低下。林老师说是一个学生用弹弓射伤了她的眼睛，本来是可以看好的，但是需要一大笔医疗费。

我嗫嚅着说，林老师，我错了，不该讥笑你，我以后改掉调皮的习惯。

林老师拍拍我的肩说，调皮好啊，调皮的孩子聪明。你把你的调皮全用在学习上，一定会考上大学的。

从此我像变了一个人，寡言少语，除了吃饭就是趴在课桌上翻弄书本。

学校开运动会,大家像鸟儿一样叽叽喳喳地找林老师报名。我没有自信,躲在墙角抠指甲。林老师走过来说,小蒙,你报名参加跳远吧。我看她一眼,她冲我甜甜地笑着。我说,我不行的,这些天一门心思钻进书本里,没怎么参加体育活动。林老师把嘴唇伏到我耳边,有一股热热的气流钻进我的耳膜。林老师悄悄跟我说,你是咱们班上的小勇士,你一定行。说完转过身,大声问,同学们,大家说王小蒙是不是好样的?同学们齐声欢呼:"王小蒙,好样的,王小蒙,好样的。"

我心里不由得一热。林老师甜甜一笑,小蒙,我替你报上名了。

我使劲儿冲她点头。

运动会上,我夺得了跳远第二名。林老师为我颁奖时,在我肩膀上拍一下说,小蒙,我说你是好样的,说对了吧?我感激地望着她说,林老师,我想和你说句话。林老师侧身蹲下,把耳朵伸到我嘴边。我说,林老师,我长大了当一名医生,我要治好你的眼睛。

林老师笑了,笑得眼睛里水汪汪的,像一颗颗闪亮的小星星。

小 红 花

其实张老师是个比我大不了多少的女孩子,走路还跛着一条腿。张老师极爱笑,一张娃娃脸,笑起来嘴角上翘,就露出两颗好看的小虎牙。张老师第一次走进我们教室的时候,穿一件洁白的衬衣,就像一片洁白的云朵,摇摇摆摆地飘落到讲台上。

在我们班,我是最调皮的孩子王,曾经在刘老师后背上贴过纸条,在杨老师口袋里装过青蛙。学校要开除我,弄得我破罐子破摔,没心思听课,也没有交过作业。张老师在讲台上做自我介绍,我一个字也没有听进去,琢磨着该送给张老师一个什么样的见面礼。

在我们乡下小学校,条件差,讲台就是老师的办公室。张老师宣布上自习,然后坐下来,批改我们的作业。过一会儿,她的墨水瓶里没有红墨水了,站起身,端着墨水瓶摇摇摆摆地去隔壁教室找墨水。我从书包里掏出一个香蕉皮,以最快的速度放到讲台的台阶下边。

洁白的云朵飘进来。同学们有的屏住呼吸,有的捂着嘴咻咻笑,等着欣赏我导演的恶作剧。

就听一声尖叫,白云倒在了课桌下,同学们哄堂大笑。张老师站起来的时候,我们发现她洁白的衬衣变样了,手里的红墨水溅到胸口上,洇了一团红。

我们等着看张老师哭鼻子,张老师却笑了,指着红艳艳的胸口说,谢谢小同学送我一朵小红花。

放学的时候,张老师让我留下,我想坏了,知道香蕉皮是我放的了。

张老师说,你叫马小强?

我偷偷抬头看一眼,她正冲我甜甜地笑,俩好看的小虎牙让我一下子放松了,冲她点点头。张老师说,听说你跑得快,你帮我去大队部取一封信。

我歪着脑袋问她,为啥让我去啊?张老师的声音沙沙的,说我信任你啊。

我爽快地答应了,一溜小跑去了大队部。

当我手里捏着一封信回来的时候,张老师说了一声谢谢。

谢谢?我还是第一次听到别人跟我说谢谢。我的脸一红,转身要走,

张老师说等一下。张老师拿出一把糖块儿递到我手里说,吃啊。

我小心翼翼地剥去糖纸,塞进嘴里。张老师问我,甜吗?我抬头看看她胸前的那一团红,说甜。声音小得我都听不清。

张老师说你做我的小弟弟吧。以后,在学校你喊我老师,出了校门我就是你的姐姐,好吗?我听了,不知说啥好,狡黠的眼神不时地偷偷瞄她。

张老师摸摸我的后脑勺说,听说你挺调皮。我不好意思地低下头。张老师说,调皮的孩子优点多,比如你跑得快,长大能当长跑冠军。

从不流泪的我喊一声老师,竟然哽咽了。

十五年后,我拿着长跑冠军的金牌回到家乡,要看望当年的张老师。

在邻村的农家院里,一个体态臃肿的妇女头上包着花头巾,牵一头牛,一拐一拐要出门。我喊一声张老师,她愣住了,说你是在喊我吗?我说是啊,我是你的学生马小强啊。

马小强?想不起来了。她摇摇头。我说我就是给你带过小红花的马小强。她沉思了一会儿,笑了,说想起来了,我高中毕业那一年,代过三个月的课。好不容易买了一件白衬衣,让你弄脏了。害得我哭了好几天。

我把金牌送到她手上,我说张老师,这就是我送给你的又一朵小红花。

她一怔,甜甜地笑了,露出两颗好看的小虎牙。

傻 二 叔

奶奶死后,我的傻二叔就没人养活了。可是也不能眼睁睁地看着他饿死啊,我父亲抱着傻二叔的破被子,牵了傻二叔的手到我们家来,说以后吃饭时多放一个饭碗吧。

每到吃饭时,我娘就从墙角捡过一个脏兮兮的小木碗,拨出一些剩菜,上面放一块馍,阴着脸说,吃货,养你还不如养一头猪。

傻二叔显然是没有吃饱,伸出舌头把小木碗舔得干干净净的,眼珠子还不停地向我们的碗里看。我娘白了他一眼,就把锅扣上了,说傻子,吃饱饭一边玩去。

我最喜欢我的傻二叔。他是我的坐骑,我每天都是骑在他的脖子上上学去。我常常手里拿着一根柳条子,威风凛凛地指挥他,故意让他快一点或慢一点。同学们都羡慕我,王小良用一块橡皮送给我,说想骑一骑我二叔,可是,我二叔说啥也不答应。我眼珠子一转说,二叔你闭眼睛。然后就向王小良努努嘴,让他悄悄趴到二叔脖子上。二叔站起来感觉驮的不是我,一气之下像摔死狗一样把王小良摔在地上。王小良的娘一只手拉着满头是血的王小良,一边骂骂咧咧地找我们家来,我爹赔了王小良家十个鸡蛋,气得我娘三天没让二叔吃饭。二叔也害怕了,像个受惊的刺猬一样,头钻进猪圈里,屁股露在外面。

我们家做好吃的,炸糖果子,我娘就对二叔说,傻子,你到外面拣柴火去。等二叔满头大汗地抱着柴火回来,我们早已经把糖果子吃完了。我偷偷给二叔留了一个,我娘看见了骂我说,让傻子吃,你就别吃了!

冬天下雪了,我走出学校门,二叔已经蹲在门外等我了,穿着露棉絮的破袄,冻得鼻涕都下来了。见我出来,二叔乐颠颠地俯下身子,让我骑到他的脖子上向家走。二叔走路一晃一晃的,我不让他晃,他不听。街上的人说,傻子,瞧你的脚都冻成疮了,让你嫂嫂给你做一双新鞋穿吧。二叔嘿嘿笑。

二叔饭量大得惊人,总是吃不饱。有一次我家蒸了一锅馒头,留着招待亲戚。亲戚来了,馒头不见了,气得我娘把二叔打得像杀猪一样哀号。

王小良不知从哪里弄来两个核桃故意气我,我回家让娘也给我买核桃。娘舍不得买,我就不停地哭鼻子。一会儿,二叔气喘吁吁地从外面回来了,手里攥着俩核桃给我,我高兴得要跳起来了,我笑,二叔也笑。我娘说,傻子,你会变戏法儿?别是偷人家的吧。

话刚落音,王小良的娘拉着哭泣的王小良又来我家了,一进门就怒气冲冲地说傻子抢走了他的核桃。王小良的娘说管管你们家的傻子吧,再欺负我们家小良跟你们没完。

这时,王小良的爹刚刚被选为村长。我娘赔着笑脸送走王小良的娘,就急着要打二叔。第二天我娘说,傻子,给你说个媳妇吧。二叔嘻嘻笑。我娘说快吃饭吧,多吃点儿,吃饱了领你去相亲。

那一顿,我娘让二叔可着劲儿吃,二叔吃得直打嗝。

下午放学时下雨了,我出了学校的门却看不见傻二叔,不高兴地回到家问我娘,二叔呢?我娘说,二叔串亲戚了,过几天才能回来。

几天过去了,我都有些想二叔了。

王小良的爹带着警察到我家来,说我二叔被汽车撞死在县城了。据听别人说二叔在一个水果摊上抢了俩核桃转身就跑,正好一辆汽车开过来,被撞死了。

二叔的尸体被我父亲拉回家时,手里还攥着俩核桃,掰都掰不开。我哭了,我娘也哭了,我娘第一次哭得这么伤心。

画 爸 爸

欢欢喜欢上美术课,画青蛙、画蜻蜓,画天上白白的云,画元城大街上一行行的树。欢欢画的画儿常常受到老师的夸奖,还上过六一儿童节那天的报纸和杂志。

欢欢的理想就是长大后做一名画家。

开家长会,欢欢的妈妈来学校,班主任不但表扬了欢欢,还奖给欢欢一支彩笔。妈妈笑得合不拢嘴,欢欢不笑。每次开家长会,同学们都是让爸爸来,可欢欢还不知道爸爸长什么样儿。

欢欢的家在很远的地方,妈妈带着他来元城读书。欢欢问过妈妈,我爸爸呢?妈妈告诉他,爸爸到一个很远的地方去打工了,家里需要很多的钱,没有钱就不能买煤烧,就不能穿衣服,就不能吃巧克力。

同学们的爸爸也打工,可他们时不时地就回家来看看。欢欢今年九岁,爸爸出去七年了。妈妈说,爸爸很爱欢欢,舍不得回来,多挣钱,以后让欢欢上大学呢。

上学路过街口,有个疯子轮着棍子打人,同学们都是爸爸或者妈妈

送,唯有欢欢独自一个人。妈妈开了一个缝纫门市,每天忙得夜里很晚才睡觉。欢欢就绕很远的路,绕过那个街口。欢欢一边走,一边想爸爸。

欢欢用老师奖给的彩笔画一个警察,说画的是爸爸。同学们都羡慕得不行,你爸爸真的是警察?欢欢脸红了,噘着小嘴巴说,我爸爸就是警察。欢欢第一次说谎了。

欢欢又画一个太阳,给太阳画了眼睛,涂上眉毛,描上胡子,说这个也是爸爸。老师先是一愣,后来笑了,拍拍欢欢的小脑袋,把画挂在黑板上,表扬了他。

欢欢画大花猫,画喜羊羊,都涂上胡子、描上眉毛,画了一张又一张,全是爸爸。这些画儿获了奖,还有小记者来采访他。妈妈把这些画儿装在镜框里,挂在墙上。墙上的爸爸冲着他笑。

快过年了,妈妈夜里加班,要赶制一批新衣服。妈妈夺过欢欢的画笔说,明天再画好吗?天晚了,早点睡吧,我的孩子。半夜里,欢欢被一阵打闹声惊醒,是墙上镜框的碎裂声。欢欢从被窝里爬出来,看到一个酒鬼欺负妈妈,和妈妈打在一起。

欢欢扑过去,咬了醉鬼一口,一双小拳头在醉鬼身上不停地抽打。

醉鬼走了,娘儿俩收拾被摔碎的镜框。欢欢说,要是爸爸在,就没人敢欺负你了。妈妈抱着欢欢,泪珠子跌落在欢欢的眼睛上。

欢欢把自己的画儿整理成厚厚的一摞,推到妈妈面前说,把这些寄给爸爸,让爸爸好好改造,会减刑的。

妈妈怔了一下,疯了似的摇晃着欢欢的肩膀说,欢欢,是不是有人告诉你什么了?快说,我的好孩子。

欢欢摇摇头。妈妈,你常常睡觉说梦话,让爸爸好好改造。你还告诉爸爸,说我们的欢欢很听话,欢欢的画儿获奖了。

妈妈睁大了眼睛。

欢欢说,酒鬼欺负你,酒鬼的话我也听见了,你是为了不让我知道爸爸的事儿,才带我来到这个元城读书的。我还知道爸爸在很远的老龙沟农场。

妈妈抱着欢欢说,天啊,不是的,不是的,孩子,不要相信我的梦话,也不要相信酒鬼的话,那是假的。

欢欢给妈妈擦眼泪。欢欢说,妈妈,我长大了当画家,画很多的画儿,挣钱养着你,养着爸爸。

咸菜开花

父亲是下班的路上被摩托车撞倒的,自行车被撞得变了形。当父亲从沟里爬起来的时候,肇事者早就没了踪影。

母亲白天到啤酒厂洗瓶子挣钱维持生计,晚上伺候瘫在床上的父亲。父亲是个要强的人,好多次喊着要寻短见。他说,我这人笨啊,走道儿让车撞,一个大男人要你们娘儿仨养着。让我去死,不再拖累你们了。母亲从父亲嘴里抠出来一把安眠药说,你安心养病吧,咱们一家人在一起就是福。你养好病,俺们娘几个还指望你呢。

我知道母亲是在安慰父亲。我看到过母亲偷偷流泪。

父亲不能挣钱,养病还要花费一大笔医药费。时间不长,母亲洗瓶子的活儿也黄了。我们家的日子就像缺水少肥的花草,很快就蔫吧了。

在一个秋叶飘零的早上,母亲背回来一袋子萝卜。母亲把洗净的萝

卜放进门前的瓮里,撒上一层盐,用一块大青石压实了,对我们说,下半年吃菜就靠这些萝卜了。

果然,每天吃饭的时候母亲从瓮里取出来一个腌制好的萝卜,切成细丝或者片状,摆放在饭桌上。刚开始,我们吃得津津有味,慢慢地就不想吃了。弟弟好像是跟咸萝卜有深仇大恨似的,皱着眉头把筷子一摔说,咋又是萝卜?

母亲不生气,把筷子从地上捡起来,擦一下说,萝卜好啊,冬吃萝卜夏吃姜,不劳医生开药方。弟弟白了母亲一样,噘着嘴说,我就是不吃。父亲呵斥弟弟说,你还想吃龙肉啊?母亲说,赶明儿我把萝卜煮熟,晾晒出来,像牛肉干一样,嚼着香香的,可好吃了。

母亲说得像是天下美味,听得我咽唾沫。

母亲把瓮里的萝卜全煮了,用绳子穿起来,挂在院子里的老槐树上。过几天,咸萝卜上面挂了一层白白的盐巴。母亲把盐巴去掉,切成一片一片的形状。这种酱紫色的咸菜就成了我们家的一日三餐。

吃了上顿吃下顿,天天吃咸菜,吃得我们打个哈欠也是咸菜味儿。母亲用筷子夹起一片咸菜说,你看,像不像牛肉干?弟弟说,什么牛肉干,我不吃。母亲拍拍弟弟的脑袋说,二娃你不是长大了要当火车司机吗?那你就得吃咸菜啊,吃咸菜才能长得壮,才能开得动火车啊。

弟弟歪着小脑袋问我,娘说的是真的吗?

我不知道该怎么回答弟弟。我低着头,眼睛里有水一样的东西流出来。我赶紧把头埋进饭碗里,使劲儿喝粥。

其实我才不愿意吃咸菜呢,街上就有卖白菜的、买韭菜的。我知道我们家能吃上咸菜已经很不容易了,母亲还为父亲吃药犯愁呢。我在街上玩,好多次见母亲赔着笑脸去邻居家借钱。我还跟着母亲去卖过一个手镯子。母亲拉着我的手,另一只手攥着镯子,嘴里不停地嘟囔着说,这镯子是你姥姥留给我的。

吃晚饭的时候,母亲喊我们,孩子们快来吃饭,咱们家的咸菜开花了。我和弟弟惊奇地跑到饭桌旁,只见白磁盘里的咸菜变成了各种形状,有菱形,有三角形,还有的锯齿状,有的像一朵盛开的花朵……弟弟乐了,夹起一个又一个说,这个像小狗,这个像小羊……

弟弟把一个像小兔子一样的咸菜放进嘴里,小嘴巴嚼得有滋有味。

父亲说,你娘雕刻咸菜花儿,把手划破了。

我拉过母亲的手,母亲的手指上包着纱布。我不由得眼睛一酸。母亲笑着说,孩子,多吃点儿,正长身子呢。等你们长大了,咱家的苦日子就熬出头了。

我叫李歪瓜

那一年我和刘伟打着玩,刘伟踢我一脚,骂我是没人要的歪瓜。我不懂歪瓜是啥意思,但是我知道那是侮辱人的话。

同学们哄堂大笑,喊我李歪瓜。我咬紧牙关,没让泪水流出来。

我回家问父亲,啥是歪瓜?父亲刚从田里回来,一边洗手,一边告诉我,歪瓜就是田里没长开的落秧子黄瓜。

我们村里家家户户种黄瓜。又大又鲜的好黄瓜卖掉了,剩下一筐筐没长开的落秧子黄瓜没人要,有的喂猪,有的被扔到村东的大沟里,白白烂掉。

我愿意长得像歪瓜吗？我一出娘胎就瞎了一只眼睛，个子低，又黑又瘦。八岁的时候上树摘酸枣，从树上掉下来摔伤了腿，走路一瘸一拐。在别人眼里，我这个歪瓜挺形象的。尽管大家喊我歪瓜，我当时也没有感觉到歪瓜的严重。等我眼瞅着同学们有的上了大学，有的外出打工，而我落榜之后，真的成了没人要的歪瓜。我18岁了，长得像个孩子，跟着别人出去打工，老板说啥也不收留我，说担心刮风把我刮跑了。

十年寒窗苦，回家扛大锄。我的天空一片黑暗。

更让我难以承受的是暗恋了三年的小华。我悄悄把情书塞给她的时候，小华白了我一眼，说想得倒美，你也不撒泡尿照照自己，像你这样的歪瓜还想好事儿。

我把自己关在屋里，蒙头大睡。

父亲从田里回来说，小子，老天爷饿不死瞎眼雀，我这一辈子没上过学不照样儿活得好好的？我靠种黄瓜致富，盖起了新房子，供着你们兄弟俩上学，咱一点儿也不比别人落后。现在瓜田里正忙着呢，是条汉子就给我站起来，别像娘儿们似的。

我爬起来，跟在父亲身后向田里走。

眼前一片绿油油的瓜田，架上的黄瓜顶花带刺，煞是喜人。父亲说，你小子有文化，咱以后跟着书上学种温室黄瓜，能卖好价钱。到时候咱的温室大棚就像一只白天鹅，就像海上的白帆。

我笑了，我说父亲，你说出话来像个"诗人"。

父亲指着地角上一大堆没长开的黄瓜说，你把这些落秧的黄瓜全给我扔到沟里。我说，扔掉多可惜啊。父亲笑笑说，有啥可惜的？好黄瓜已经卖了好价钱，这些歪瓜连猪也不吃。

向大沟里扔黄瓜的还有好多人，大沟里堆满了歪瓜，氤氲着腐烂的气息。

我对父亲说，我要到城里去一趟。父亲问我，你去城里做什么？

我神秘地笑笑,挤上了去城里的公交车。

我从城里回来的时候,跟父亲说,这些歪瓜我要了。

父亲睁大眼睛说,你疯了?我说,我才不会疯呢。我从城里订购了几个大缸,买了腌制酱菜的资料,我要办一个酱菜厂。

我又跟村里人说,要收购他们的歪瓜。村里人一幅很豪爽的样子说,你弄走就是了,啥钱不钱的。我说不,一定要给你们钱,而且跟最好的黄瓜一样的价钱。

村里人认为自己听错了。我又重复一遍,村里人说,你可不要后悔。

父亲在背后拍了我一巴掌,小子,有眼光,这书没有白读。

那一年,我和父亲从城里聘了一个从酱菜厂退下来的老师傅,放了一挂鞭炮,我们家的"歪瓜酱菜厂"就算开张了。由于我们腌制的酱黄瓜味道鲜美,很快打开了市场,价钱卖到了鲜黄瓜的六倍。

好　　汉

青臣躺在床上看一部武侠小说,看累了,到街上去散步。秋天的太阳像个勤快的小媳妇,把天空,把元城的大街小巷梳理得清清爽爽。

青臣身边的人,有的做官,有的当老板,还有的混成了元城的头面人物,都是元城人眼中的好汉。青臣还是青臣,还是熬天混日子靠父母养活的小混混。

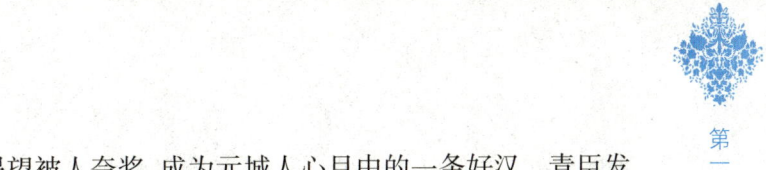

青臣从小就渴望被人夸奖,成为元城人心目中的一条好汉。青臣发奋读书,发誓要考上大学,像秦大头一样荣归故里,戴着金边眼镜,挎着花枝乱颤的女人,在人们黏黏的目光中走过元城的街街巷巷。青臣还幻想着像秦二头一样办一家公司,夹着皮包,伸出金光闪烁的手,为福利事业搞募捐。再不济就做个木匠,像秦三头那样踩百家门,深受人们的爱戴。

现实生活像一头犟驴,不听青臣驱使。青臣没考上大学,就像被生活当头棒喝。后来倒腾服装被人骗了,东借西凑的一万块钱打了水漂。做不了秦大头,当不了秦二头,连秦三头也不如了,气得父亲骂他是窝囊废。

我要做一条好汉!青臣在江湖中行走,把手指攥得叭叭响。

一个人蹬着三轮车,摇摇晃晃走过来。青臣看着骑车人很吃力的样子,跑过去说,需要我帮忙吗?骑车人转过身,竟是秦三头。秦三头白了青臣一眼说,你做生意,你爹借了我两千块钱,你若是把钱还我,就是帮了我的大忙。

青臣脸红了,转身跑向城外。

城外有一男一女拉拉扯扯,先是女人骂男人,后来男人打女人,女人像一只绵羊似的咩咩叫。一些人在围观,却没有一个过去劝架的。青臣想到了前几天的谋杀案,是一个男人杀了一个女人。青臣血气上涌,走上前,一拳就把男人撂倒了,又加上一脚说,看你以后还敢欺负妇女!

青臣这个解气啊,好汉就该打抱不平,拔刀相助。

女人没有感谢青臣,愣了一下,跑过去摇晃着男人说,孩子他爹,你没事儿吧?

绵羊一样的女人看到男人被打得很严重,马上变成了狮子一样的女人,扑到青臣身边,不依不饶地怒吼,你凭什么打人?

男人爬起来,吐出一口血痰,拿出电话报警。青臣这个气啊,你们两口子打架为什么不在家里打?

从派出所出来,青臣不再趾高气昂,而是低着头走路,像是数蚂蚁。

青臣再也不当好汉了,也许自己就是个窝囊废。

青臣到建筑队打工,寡言少语,踏踏实实干活,半年挣了五千块钱。有了本钱,青臣就不再去打工了,在城外摆了一个水果摊,起早贪黑做起了生意。

青臣从不缺斤短两,生意渐渐红火起来。青臣还在水果摊前放了几个暖瓶,挂着免费喝水的纸牌。青臣还在水果摊前放了一个打气筒,挂上免费充气的纸牌。过路人有的来喝水,有的来充气,临走跟他微笑着说一声谢谢。

有几个提鸟笼子的老人来凑热闹,说说笑笑,讲一些趣闻轶事,青臣听得一脸灿烂。

过来一个蹬三轮车的人,驮着沉重的物品。恰巧前面是上坡,青臣就跑过去推一把。蹬三轮车的人说,谢谢你了,小伙子。青臣听着耳熟,是秦三头。

四目相对,秦三头笑笑,伸出大拇指说,好汉!

青臣泪流满面。

二叔的幸福生活

二叔常说,人勤地不懒,院子里出黄金。我总是参悟不透这句话。

二婶不曾开怀,父亲就把我过继给二叔当儿子养,二叔最心疼的人

当然就是我了。我是个懒虫,懒得扛锄头。二叔也不急,侧着脑袋说,啥人啥命。后来我成为村里的三个大学生之一,毕业后在城里上班。

我跟妻子说,把二叔接到城里住吧。妻子说好啊,免得找保姆了。我就给二叔打电话。二叔说,我和你婶子一顿能吃两个馒头,喝两碗稀饭,身子壮着呢,就不去麻烦你们了。再说在城里住不习惯,憋屈。我说那就别种田了,缺钱花找我要。二叔在电话里开心地笑,说种几亩田,就当是锻炼身体了。

二叔成了我的牵挂。眼瞅着中秋节要到了,我到超市买了月饼、水果和饮料,开上新买的车回乡下看望二叔和二婶。我想我这次荣归故里,一定会让二叔觉着荣耀,在乡亲们面前挺起头来。

汽笛声声,三个小时后,终于回到生我养我的村庄。二叔刚从田里回来,手里拿着一块地瓜在门口吃饭。二叔看到我们从车里面下来,高兴得一拍大腿,把我们迎到家里,挥拳砸开一个西瓜说,娃,你出息了。我把一兜花花绿绿的东西推到他面前时,二叔说,我和你婶子不吃这些,你走的时候还带回城里吧。我疑惑地说,咋了?这些可都是好东西啊。二叔冲我笑笑说,吃不惯,还不如这地瓜吃着舒服呢。

二叔背上筐子要去田里给我掰嫩玉米。我说我和你一起去吧,我也想到田里走走呢。二叔说,到田里看看吧,空气鲜。

走进青纱帐,苍翠的玉米像士兵一样在路两旁列阵。二叔说,你瞅,玉米长势多好啊,像不像迎接你的三军仪仗队?我心里乐,二叔还是那么风趣。二叔说,日子好过了,自由自在,你说做个农民多幸福,种地有补贴,粮食吃不完。你瞅这玉米,挺拔,穗子一尺长,亩产一千多斤。

我指着一旁长得黄巴巴的玉米说,那是谁的田?长得又黄又瘦,像是营养不良的孩子。

二叔笑了,说那也是咱的玉米。我说,怎么那些玉米长得可怜巴巴,没有施化肥啊?二叔说,还真的让你猜对了,那是我故意留出来的一块地,不施化肥,长出粮食自己吃。人吃了化肥催生出来的东西有毒素,容易得癌症。你看如今哪个人身上没病?全是吃出来的。

我听得一愣一愣的,惊异地打量着二叔。

二叔说,不仅是庄稼,咱家里养的鸡、养的猪,都要留出来一部分不喂饲料。你说这猪吧,80天出栏,全靠激素,人吃了能不生病?

我说,都不用化肥行不行?二叔说,这土地吃化肥吃馋了,不施化肥产量低,不划算。咱们自己吃就不一样了,多少钱能买来健康?这是一笔不得不算的账。

我们在低低矮矮的田里掰了半筐瘦小的玉米穗。二叔说,别看这些玉米不养眼,可全是地地道道的绿色食品。那些施过化肥的,留给城里人去吃吧。

吃饭的时候,二婶炒一盘鸡蛋。二婶说,小鸡蛋咱们自己吃,大个的卖给城里人。你瞧,这鸡蛋炒出来颜色就是不一样,吃着味道鲜。

临走,二叔把一箱鸡蛋装到我的车里,还背着一袋面粉出来。我说城里啥也有。二婶不依,说咱们自己种的养的,吃着放心。你瞅我和你二叔多健康,血压一点儿不高,常年不感冒。以后你们不要在城里买吃的,缺啥用啥,叔给你们留着呢。

回城的路上,妻子说,二叔活得多幸福。

第二辑

母亲爱听悄悄话

那年的鸡蛋

我小时候家里穷,母亲养了五只鸡,一日三餐,用鸡蛋换米、换盐、换菜。父亲从田里回来,常常一边吃饭一边笑吟吟地说,这几只鸡,是咱家的功臣呢。

放了学,我经常去野外捉蚂蚱、抓虫子,回家喂鸡。我的作业本和铅笔,也要用鸡蛋到村头丁老歪的小卖部去换。

有一次放学回家,我跟母亲说,我们开始上美术课了,老师让我们买红蓝铅笔。母亲皱皱眉说,刚才用鸡蛋换了一斤盐,家里已经没有鸡蛋了,等明天鸡下了蛋再买吧。

我一听就哭鼻子,不行不行,老师说下午用。

母亲在屋里转了一圈说,我想起来了,咱家的芦花鸡今天还没下蛋呢,你等一等。说着话,母亲从米瓮里抓了一把米,咕咕叫着,撒给正在院里觅食的鸡。

我的红蓝铅笔还在芦花鸡的屁股里呢,我只好坐下来,看着芦花鸡啄米。芦花鸡吃完了米,还在院里踱步,一点儿也不急。芦花鸡有时候隔一天才下一枚蛋,如果今天不下蛋咋办啊?我的心揪紧了。芦花鸡,芦花鸡,你快点下蛋吧,我还急着上课,急着用红蓝铅笔呢。

芦花鸡好像听懂了我的话,在我渴望的眼神中飞进鸡窝。我说,芦花鸡你快点吧,我们要上课了,迟到了。母亲说,别急,总不能下手去掏

吧。我一副猴急的样子说,迟到了咋办啊?母亲说,要不你先走,等鸡下了蛋,我去换铅笔,给你送到学校。

我白了母亲一眼说,就不!

等鸡下蛋,一分钟就像一年那样漫长。芦花鸡终于咯咯叫起来,我一激灵,跑到鸡窝边。芦花鸡还赖在窝里,涨红着脸。我把手伸进鸡窝,芦花鸡惊叫着飞了出来。我摸到了鸡蛋,暖暖的,滑滑的,心里别提多高兴。我手里攥着鸡蛋,像是举着一支令箭,一溜小跑出门,把母亲的喊声抛在了身后。

我像鸟儿一样飞进丁老歪的小卖部,把鸡蛋送到丁老歪的手心里,喘着粗气说,换一支红蓝铅笔。

丁老歪看看鸡蛋,又看看我,笑着说,这鸡蛋是你娘让你吃的吧?我说不是啊,换红蓝铅笔呢。丁老歪嘿嘿笑着,把鸡蛋退还给我说,小孩子,一边玩去。

我一愣,哇一声哭了,像是受了莫大的委屈。跑回家,母亲正洗碗,忙不迭地站起身,问我,咋了孩子?我说丁老歪不要咱的鸡蛋。母亲说,走,看看去。母亲拉着我的手,来找丁老歪。

母亲说,你咋不要俺的鸡蛋?

丁老歪说,我收鸡蛋是孵小鸡的,你不该让孩子拿着熟鸡蛋来换东西。

母亲说,不是熟鸡蛋。

丁老歪说,那怎么是热的?

母亲说,我们家的芦花鸡刚下的蛋,还热乎乎的呢。

丁老歪摇摇头,不信。母亲生气地说,我还能骗你吗?为了证明不是熟鸡蛋,母亲把鸡蛋在柜台上轻轻一磕,黄色的蛋黄流了出来。

丁老歪惊呆了。

母亲拉着我转身就走。丁老歪跑过来,把一支红蓝铅笔塞到我手里说,快去上学吧。

母亲怔一下说,明天,我还你一枚鸡蛋。

丁老歪说,不用了,不用了,我送给孩子的。

上课的铃声响了,我向着学校飞奔。

多年后,我常常到鸡窝前,找一枚刚下的鸡蛋,在手里握一握,让暖流传遍全身。

树 叶 钱

天气越来越暖和了,大街上的法桐长出青青的树叶儿,很快就浓荫如盖、遮天蔽日了。微风吹过,笑笑望着哗哗作响的枝头,心里乐开了花。

笑笑今年五岁了,家在农村,去年开始跟着爸爸妈妈来城里。妈妈和爸爸一起拼命挣钱,准备送笑笑进城里的幼儿园。他们租了一间小房子,爸爸在小房子附近这条街的拐弯处卖烤红薯,妈妈在街上打扫卫生。

笑笑到街上玩,能看到妈妈扫大街。妈妈天不亮就起来了,一直到天黑,几乎没有休息的时间。扫啊扫,大街上两排又高又大的法桐,地上总是有落不完的叶子。冬天了,树上还挂着零散的树叶;夏天了,不时地有发黄的树叶提前落下来,笑笑恨死这些大树了。妈妈说,傻孩子,大树不落树叶,妈妈没活儿干,怎么挣钱啊?有落不完的树叶,才有挣不完的钱呀。

笑笑睁大着眼睛说,这些树叶儿是钱吗?

妈妈笑了,是啊,树上落的就是钱。

笑笑乐坏了,妈妈扫大街的时候,他也跟在妈妈身边捡树叶。笑笑不时地问妈妈,妈妈你看,我捡的钱多不多。妈妈停下来,望着他笑,让他去找爸爸,不要在街上乱跑了。

天热了,笑笑终于进了幼儿园。妈妈还要接送笑笑,更忙活了。为了多挣钱,爸爸晚上卖烤红薯了,白天去车站蹬三轮。

星期天,笑笑到街上玩,远远地就看到妈妈在扫大街。笑笑心想,妈妈一定很累,很渴,就想给妈妈买一只雪糕。雪糕很好吃的,笑笑在幼儿园和小朋友一起玩,小朋友买了雪糕让他吃,他就想,天天吃一只雪糕多好啊。

买雪糕是需要钱的,笑笑没有钱。笑笑在路边捡了几枚树叶,向不远处的小卖部跑去。

买雪糕的是个大姐姐。笑笑把手里的树叶递过去说,我买雪糕。

大姐姐的脸色很难看,说去去去,小孩子就学骗人啊!

笑笑一听,哇一声哭了。

一个老爷爷从里面走出来说,怎么了?大姐姐说,一个小男孩,拿着树叶买雪糕。

老爷爷走到笑笑身边,弯下腰说,你是买雪糕是吧?笑笑点点头。老爷爷说,好啊,你的钱不够,再去捡几个。笑笑一听不哭了,把手里的树叶给了老爷爷,又跑出去捡了几枚树叶,跑得脸蛋红红的,把树叶全给了老爷爷说,够不够?

老爷爷笑了,说够了够了。小朋友,你告诉我,是不是你想吃雪糕了?

笑笑指指大街上说,我给妈妈买的。我妈妈扫大街,还没吃饭呢。

老爷爷拿出两块雪糕说,你的钱啊,够买两只雪糕,你一只,妈妈一支。以后想吃雪糕,就到我这里来买啊。

笑笑点点头,手里拿着雪糕,转身向妈妈跑去。笑笑一边跑一边想,自己会挣钱了,明天多捡一些钱,到学校买好多的雪糕,送给老师和小朋友们。

永远的牵挂

门岗警卫室给我打电话说,文局长,有个长得像赵丽蓉一样的老太太要找你。我听了心头一震,一定是娘来了。

我跌跌撞撞跑下楼,果然是我娘。我上前搀住她说,娘,你咋来了?你打电话啊,我去接你。娘伸展胳膊比画几下说,娘的身体硬朗着呢。

娘打量着我,才一个月没见面,像是隔了几十年。娘摸摸我的额头说,俺儿瘦了,瘦了。我说我没瘦,体重一点儿没减。

娘呵护我的一幕幕在脑海里浮现。

上学的时候,路过一条河,娘每天送我,背我过河。我趴在娘的背上,望着河水缓缓流过。娘把我送过河,再去田里拔草,还要放牛。一直到12岁,我说我自己能过河,娘还是不放心。我说我都和你一样高了,娘说,再高也是个孩子。

日子穷,天冷了还没有棉衣,娘起早贪黑去捡棉花。天天在干枯的棉柴上一点点翻弄,一双手磨得起了泡。一连20多天,娘捡回五六斤,连夜做了一身棉衣。天亮的时候,娘喊醒我,揉着熬得通红眼睛说,粒粒,

来试试合身不合身。

后来我上了大学,娘命令我三天给她打一个电话,打给村里小卖部的丁老歪,丁老歪再通知她去接。有一次我忘了打,第二天想起来,急忙打过去。电话一通,丁老歪就说,你娘已经等两天了,吃完饭就在这里坐着,等你的电话。

娘迫不及待地接了,第一句话就是:孩子,你没事儿吧?

毕业了,我分到元城县文化局上班。过年,带着热恋的女友小梁回老家,娘望着漂亮的小梁愣住了,半天才回过神来,手在衣襟上搓搓说,我给你们做饭去。娘抱了柴,在厨房烧火做饭,我去看她,娘眼睛红红的,显然是哭过了。我说娘,我替你烧火吧。娘瞪我一眼说,去去去,多好的姑娘啊,陪人家说话去。

一会儿,一盘炒鸡蛋端上来。小梁喊一声妈,娘的眼泪下来了,颤颤地应了一声,转身取出来一个绿色的手镯,在衣襟上擦擦递给小梁说,姑娘啊,俺也没有啥好东西,这是俺家祖传的一只手镯,送你吧。

小梁笑笑,戴在手腕上又退下来说,妈,您的心情我领了,还是你留着吧,就当是你替我保存着。娘愣了,把我拉到一边说,姑娘不会是嫌弃我的手镯吧。我说娘,你就放心吧,明年准让你抱孙子。

结婚了,娘总是打电话,劝我别跟媳妇吵架。她说看电视上的城里人总是两口子吵架,吵来吵去闹离婚。娘说,那么好的媳妇,你让着她点儿,媳妇就是让男人来疼的。又过一段时间,小梁的肚子鼓起来的时候,娘来城里,把那只手镯给我说,你们啊,租住房子不是个办法,把手镯卖了,买个房子吧。

手镯卖了30万元,把小梁激动得抱着娘掉眼泪。小梁说,娘,您和我们一起住吧。娘说,我还能自己干活,等我走不动了,再让你们养着。

我把娘搀进我的局长办公室,倒一杯水。娘说,你没事儿吧。我说我没事儿,你放心吧娘。娘说昨晚在电视上看到一个贪官被抓,心里七上八下。我说，为了娘，我没事儿的。娘说，那就好，那就好，你要是成了贪官，娘没脸活下去。

娘在口袋里摸索着说，粒粒，你闭上眼睛。我附在娘身边说，我把眼睛闭上了。娘把一颗糖塞进我的嘴里，问我，甜不甜？

我说甜。我的声音哽咽了。

在母亲面前，我永远是个长不大的孩子。

母亲爱听悄悄话

母亲不能听别人猛然叫她，若是冷不丁喊她一声，她会因为受了惊吓而突然休克。

有一次，二妹从外面慌慌张张跑进来，上气不接下气地喊，娘，娘，咱家来亲戚了。下半句还没喊出来，母亲翻一下白眼，倒在地上没了呼吸。二妹不知所措，幸亏来的亲戚懂一些急救知识，赶快掐人中，母亲好长时间才回过神来。

母亲的病源于我。

我五岁那年，父亲拉着母亲的手说，一定要把俩孩子抚养成人。说完，父亲就咽了气。母亲带着我们过着清汤寡水的日子，难得见一次荤腥。母亲生日那一天，我要让母亲喝上鱼汤，偷偷和几个小伙伴去抓鱼，不慎跌入水塘。幸亏那天塘边有个钓鱼的老汉，疯了一样喊救人，才把

我们救上来。有人认出是我,赶快去喊母亲。

母亲正在不远处的田里给生产队挖红薯,听到有人大声喊她,狗蛋他娘,快去看看吧,你家狗蛋掉塘里了。母亲身子哆嗦一下,一双小腿像是飞了起来,跌跌撞撞向塘边跑。三里地,也不知道母亲哪里来的力气,跌了几个跟头,一直跑到我身边。看到我像死了似的一动不动,母亲愣一下,背起我向医院跑。

我吐了母亲一身水,趴在母亲背上喊了一声娘。母亲满头大汗,猛地扭转身,喊一声娃他爹,咱娃没死。再看母亲,扑通一声倒在地上,休克。乡亲们一拥而上,折腾一阵子,母亲才慢慢醒过来。

母亲落下这病根儿,我们有啥事儿也是轻声细语,小声告诉她。哪怕家里着了火,也得装作没事儿一样,一点点给她说。

我考上大学那一天,悄悄趴到母亲耳边说,娘,我告诉你一件好事儿。母亲脸上笑成一朵花,说啥事儿? 我说,我考上大学了。母亲听了,抱着我哭起来。

要离开母亲了,我给母亲装了一部电话,我说我以后常给你打电话。后来我打了一次,母亲就不让打了,说日夜守在电话旁,一听电话铃声就担心是我出了什么事儿。母亲说还是把电话撤了吧,你不要给我打电话,我给你打吧。

我就常常接到母亲的电话。母亲打电话要走很远的路,到村口的电话亭。母亲每次都嘱咐我,不要在水塘边玩,出门走路要看车,打雷的时候不要站在大树下。絮絮叨叨,没完没了。我压低声音说,娘,你放心吧,我记住了。

参加工作后,我把母亲接到城里。有几次下班回家,总见母亲站在小区门口张望,看见我,笑着迎上来。我说娘,我又不是小孩子,你还不放心啊? 母亲说,娘在家没事儿,看电视,看到一个人收了别人的钱,后来被逮了。你在单位也是个头头,娘担心啊。

我一怔,娘,咋会呢。

几乎每次下班,我都能看到母亲接我的身影。

过年,有人来家里串门,留下两条高档烟。临走,母亲说啥也要人家把烟带走,弄得我挺尴尬。还有一次,我正在办公室,母亲悄悄进来。我说,你咋来了?母亲说,我看看就走,看看就走。

我趴在母亲耳边说,娘,为了你,我没事儿的。

79岁的母亲像是很累很累,突然倒在沙发上,憔悴了许多。

母亲的夏日

家里穷困潦倒无所谓,文三不恨家里穷。穷是啥?文三有一身力气,能吓得穷字倒退三步。文三恨母亲。文三自然有文三的道理。

有一次文三听人背后嚼舌头,说的是文三。文三后来费尽周折找到接生婆文二嫂才证实了这件事儿。

文三刚生下来的时候,想生闺女的母亲嫌弃文三是个小子,拖着长腔哭诉,已经有俩小子了,咋又是个破小子啊。文二嫂说,三个小子也不算多,几年后就是一条汉子。母亲说,半大小子,吃死老子,多一张嘴更是揭不开锅了。母亲坐起来,要把文三丢进马桶溺死。

过去在乡下,溺死孩子的事儿屡见不鲜。

马桶是木板做的,晚上提进来,白天提出去。文三被丢进马桶,像是

反抗一样在马桶里面扑腾。母亲见状,顺手抓起一个铁盆子扣到马桶上。文三呱呱啼哭,一阵踢腾,小手抓得铁盆子当当响。文二嫂心软了,制止母亲说,给孩子留条命吧。

虎毒不伤子呢,文三气愤愤地问母亲有没有这事儿。母亲倒是不瞒,坐地上一边哭,一边说,我做了孽啊。

两个哥哥娶媳妇花了好多钱,像是把这个家掏空了。家里穷,少盐没醋,文三高中没毕业就咬紧牙关到石料场打工。

石料厂的活儿很累人,文三干几天就不想干了。母亲说,没听老人说?力气是奴才,去了还回来,休息一晚上就不累了。

文三白了母亲一眼,母亲不说话了。

那是一个夏天,中午从石料场回来,在家里吃午饭,有俩小时的休息时间。母亲给他炒鸡蛋,炸菜角,煮面条,劝他多吃点,吃饱了身上才有力气。文三不抬头,风卷残云,三碗面条见了底。

母亲说,你睡吧,到点我喊你。

身上像是散了架,文三躺下却睡不着。屋后有两棵大杨树,落了好多的蝉,叫得聒噪。文三说烦死了,烦死了。母亲说,睡不着?躺一会儿也好,让身上的力气恢复一下。

还是太累了,文三慢慢地睡着了,睡得好香。

母亲喊醒文三,已经给文三备好了洗脸水。文三洗一把脸,就向石料厂走。

每天都是这样,眼瞅着快要把这个夏天过完了。

有一次不想睡,母亲硬是逼着他睡一会儿,攒好力气,还干活呢。

文三躺了一会儿,干脆起来到街上转。走到屋后,却发现母亲手里举着一个长长的竹竿,是两根竹竿接起来的,在两棵杨树之间跑来跑去。

大热的天,你干啥呢?文三有些生气了。

母亲憨笑着说,咋不睡了?

文三抬头看看大杨树说,这三个月你是这样过来的?

三个月了,母亲为了让文三好好休息,每天中午举着大竹竿捅两棵大杨树,不让蝉的叫声影响文三睡觉。

天下哪有不心疼自己孩子的母亲呢?文三夺过母亲手里的竹竿,眼里盈满了泪。

母亲说,你去休息一会儿吧,还有10分钟就该上班了。

母亲的纸条

她是四个儿子的母亲。在一个偏僻的小山村,她先后把四个儿子送进大学,又都回到县城做了领导。

那时候家里穷,穷得一家六口人只有两条被子。丈夫拼命挣钱,在建筑队砌墙,掉下来就再也没睁开眼睛。她哭过了,紧紧地把四个儿子揽在怀里。四个孩子大的12岁,小的还吃奶。别人劝她再走一步,守着这个家,啥时候熬出头啊!她摇摇头,苦笑着说,日子已经坏到这个地步了,还能坏到哪里去呢?总不会开除我的球籍吧?

球,指的是地球,乡下人开玩笑的一句话。

丈夫有个弟弟,想把她赶走,占她的宅基。小叔子的觊觎使她横下一条心,白天拼命在田里劳动,晚上回到家缝缝补补,困了累了,打个盹天就亮了,爬起来向田里走。没帮手,她一个人硬撑着,比男人还男人。

四个儿子,老大、老二、老三、老四,像四个小老虎,吸干了她的身子。

老大16岁那年考上县一中。老大悄悄把录取通知书藏起来,跟母亲说没考上,要帮母亲下田干活。她黑了脸说不行,没考上就再去复习,明年继续考。老大只好把录取通知书拿出来,她的脸上荡开了笑容。

老大嘴里喏喏着,看一眼母亲,又把头低下。

她说,钱的事儿我想办法。

第二天,她从炕席下取出一堆零零散散的纸币,像一团枯树叶子。在油灯下数来数去,正好够老大的学费。

送老大上学,她连夜做了一兜干粮。除了学费没有多余的钱,要靠老大步行到县城,她送了一程又一程。老大跺着脚让她回去,她从衣襟下取出一个折叠得整整齐齐的纸条说,那我就不送了,这是娘写给你的,你留着。

老大拆开看了,眼睛酸酸的,大叫一声娘,转身走了。

秋风吹乱了她花白的头发,她望着老大的背影发呆。

老四得了一种病,腹泻不止,渐渐昏迷不醒了。村里的医生说,赶快去乡卫生院吧。她背着老四,身后跟着老二、老三,跌跌撞撞地一口气跑到乡卫生院。医生摇摇头说,没啥希望了,离县医院这么远,走到县医院就晚了。

我要去县医院!她背上老四,疯了似的转身就走。

天已经黑透了,40里山路,跑得上气不接下气,天亮的时候才到县城。她跌倒在县医院门口,身子像是散了架。

交住院费,她掏出身上所有的钱,还差400元。天啊,这可咋办?她的身子开始颤抖了。她让老二、老三守着老四,自己出去借钱。她说,我想起来了,咱城里有个亲戚,我去找亲戚帮忙。

天上飘起了雪花,她手里攥着钱,跟跟跄跄回来了。她脸色苍白,有气无力地说,累死了,累死了,亲戚还算给面子。

第二辑 母亲爱听悄悄话

才三天,钱又不够了,她又要去亲戚家借钱。老二悄悄跟着她,才知道他们家的亲戚原来就是血站。

终于把老四从鬼门关拽了回来。老四迷迷糊糊地睁开眼睛说,娘,俺渴。

那一刻,她兴奋地跳了起来。

后来,老二、老三、老四也先后考进县一中。每一次筹集学费,她都要去城里,去找城里的亲戚。每个孩子离开她的时候,她都要依依不舍地送一程,把一张折叠得整整齐齐的纸条送到孩子的手掌上。

多年后,弟兄四个把母亲接到城里住。谁也知道城里有他们的亲戚,谁也没有去问母亲,像是恪守着共同的秘密。

母亲去世那天,灵前摆放着四张发黄的纸条,上面歪歪扭扭地写着同样一句话:孩子,咱家穷,一没有钱,二没有后台,想改变命运就要靠自己努力。

四个儿子望着母亲的遗像,泪流满面。

请母亲吃饭

母亲一直住在乡下,突然打来电话说想到市里来。我推掉了一切工作和应酬,打算陪陪母亲,找个好一点的酒店,请母亲吃饭。

在我们兄妹的印象中,母亲是了不起的人。小时候家里穷,尤其是父亲去世后,母亲拉扯我们兄妹三个,有玉米饼子吃就已经很知足了,一日三餐谁也不敢奢望有蔬菜吃。吃饭时,大家蹲在灶屋里,手里拿着一块玉米饼子啃。隔三差五地找一块盐粒子,用水化开了,一家人争先恐后地蘸着吃。也有奢侈的时候,找个干辣椒,在火堆里烧焦,搓成粉,用米汤搅和,简直是美味了。而更多的日子,母亲能别出心裁,让我们的一日三餐吃出花样来。

母亲从姥姥家抱回一只鸡,天天捡一枚蛋。母亲把鸡蛋打碎了,多放一些盐,用油煎,一家人蘸着吃,难得的荤腥啊,足够我们兴高采烈地打牙祭。

这样的美景没有维持多长,家里的鸡莫名其妙地死了。母亲叹一口气,把鸡炖了,灶屋里香气袅袅,馋得我像狗一样流口水,拿着碗筷坐在母亲身边,不时地问鸡肉熟了没有。母亲说快了快了,在鸡汤里加了一把盐,又加了一把盐,兑进去一锅水。漂浮着几块鸡肉,惹得馋虫子在我的喉咙里纷纷伸脑袋。好容易煮熟了,挑一块鸡肉向嘴里送,却像嚼了盐巴,哇一下吐出来,咸得我龇牙裂嘴。

母亲说,别急别急,当咸菜吃呢。

吃完了鸡肉,我们小心翼翼地用馒头蘸着鸡汤,吃得津津有味。一大锅鸡汤,我们一家人吃了十几天,最后把锅擦得干干净净。

母亲不吃鸡肉,甚至连鸡汤也不吃。母亲坐在门槛上,低着头啃玉米饼子。我把一块鸡肉送到她碗里,她又用筷子夹给我说,我跟鸡肉有仇。我睁大了眼睛,这么好吃的东西,你咋和它有仇呢?母亲说小时候吃鸡肉吃得饱饱的,吃完就睡着了,醒来以后,再也不想吃鸡肉了,闻到鸡肉味儿感觉恶心。

我们都替母亲惋惜。咋能不想吃鸡肉呢?人间最好的美味啊!

我曾经吃过一次大葱,也是吃完就睡了,醒来再也不想吃大葱了。母亲大概和我吃大葱一样,吃闷了。

如今,母亲难得来一次城里,我一定要母亲在城里住几天,让母亲品尝元城第一楼最有名的菜肴。

母亲来了,我说去天下第一楼。母亲摆摆手,听你二婶说城里有自助餐,鸡鸭鱼肉随便吃,我早就寻思着吃自助餐了。

我说哪能吃自助餐呢?

母亲说,我想自助餐好长时间了,就是来城里吃自助餐的。

母亲拉着脸,有些不高兴。我只好带她去醉仙居吃自助餐。

醉仙居各种菜肴琳琅满目。我跟母亲说,你喜欢吃什么?母亲笑吟吟地说,鸡肉。我说您不是不能吃鸡肉?母亲说,谁说我不能吃?我最喜欢吃鸡肉了。

母亲吃了一大盘,又让我给她盛。我说多吃些青菜。她说,放着鸡块吃青菜?青菜家里有的是,这么好的鸡块,不吃多可惜啊。

我不好意思阻止她,眼睁睁着母亲吃了三大盘鸡块,吃得服务员的眼睛不停地扫。母亲拍着肚子说,鸡肉随便吃,赛过神仙啊。

晚上我让母亲吃点水果,母亲说,啥也吃不下了。

半夜里,母亲开始腹泻,痛苦地呻吟,我把她送进医院。

第二天,母亲肚子不疼了,嚷着要回家。母亲说,羞死了,羞死了,以后再也不来城里了,给你们添麻烦,给你们丢脸。

我抱紧了母亲,泪雨纷飞。

卖不掉的公鸡

张大明半夜里就睡不着了,拧了一支喇叭烟,趴在被窝里抽。

孩子发高烧已经好几天了,在村卫生所,孩子药没有少吃,针也没有少打,还是不顶用,先是发烧,后来咳嗽,一直不见好的迹象。村卫生所的医生说,明天你带孩子到镇卫生院去拍一个片子吧,看看到底是怎么一回事。张大明心里说,谁不想去镇卫生院了,可是钱呢?刚刚分开家,小日子过得缺盐少醋的。在村里卫生所好赖可以暂时拖欠着医药费,到秋后卖了玉米再还账。

媳妇也睡不着了。媳妇知道张大明的心事,就说,等天亮了我还是到娘家借钱吧。

张大明说,不许你去。媳妇已经在她的娘家借过几次钱了,每次都要吃丈母娘的白眼,说把闺女嫁给你张大明算是把闺女推到了火坑里。两口子最后一次去借钱,遭了丈母娘一顿数落,张大明拉上媳妇就向外走,说这钱我不借了。丈母娘手里拿着钱喊他,他都没有回头。

媳妇说,咱向人家借钱呢,你还硬撑什么面子?

张大明就常常向邻居借钱。几乎所有的邻居都被他借过钱了,如今怎好再向邻居们开口?这时候院子里的公鸡一声啼鸣,让张大明心里亮堂了,推了推媳妇说,把咱家的公鸡卖了吧,现在城里人喜欢吃绿色食品,土鸡价钱高,能卖不少钱呢。

每天天蒙蒙亮,镇上开烧鸡店的刘掌柜就骑着摩托车来村里吆喝。张大明爱睡懒觉,常常一边骂刘掌柜,一边用被子蒙上头。谁家等着花钱,要卖鸡,便会在天亮时捉了鸡,等着刘掌柜一吆喝就把鸡送出来,一手交鸡,一手递钱。

张大明来了精神,从被窝里钻出来,到院里的树上捉公鸡。媳妇说,天天喂它,夜里听它打鸣,还舍不得哩。张大明就说,不就是一只鸡嘛,明年多喂几只。

张大明又拧了一支喇叭烟,一边抽,一边屏着呼吸等待着刘掌柜来买公鸡。

天渐渐地亮了,还没有听到刘掌柜的吆喝声,张大明就沉不住气了,出门看了好几次。

门外的雾出奇得大。刘掌柜会不会因为大雾天就不出来了? 张大明心里团团不安,就上到屋顶上听,一直折腾到太阳出来了,雾散了,村里人开始吃早饭了,还没见刘掌柜的影子。张大明神情沮丧地在院子里转圈儿。媳妇喊他吃饭,他也懒得抬头。

二叔来串门,见两口子阴着脸,一只公鸡被绑着腿扔在院子里。二叔就问,这公鸡是不是想卖啊? 张大明说,是啊,偏偏遇上大雾的天,刘掌柜没有来。

二叔说,把鸡卖给我吧,你二婶正说要喝鸡汤呢。二叔抓起地上的公鸡掂量了一下,从口袋里掏出30元钱塞给张大明。

张大明又把钱推到二叔怀里说,鸡是咱自家的,二婶吃鸡,还什么钱不钱的?

二叔生气的样子说,买谁的鸡不花钱? 你看不起二叔啊? 你不要钱,这鸡我也不要了。

张大明说,这鸡最多值20元,我不能收你这么多。

二叔笑了,说这是土鸡,贵着呢,给你30元,我还沾光了呢。

张大明感激地望着二叔的背影。

拿着这30元钱,张大明两口子到镇卫生院给孩子拍了一张片子,说没事儿,回村里继续输液就好了。

张大明一进家门就发现卖给二叔的那只公鸡在院子里觅食呢。村医生给孩子挂上了液体,张大明让媳妇守护者孩子,他抓了公鸡,送到二叔家里来了。

二叔说,咋又送来一只?张大明说,这不就是你买我的那只鸡吗?你没有看好,又跑回我家了。二叔拍拍肚子说,咋会呢?我和你二婶已经把鸡炖了,吃到肚里了。你二婶还说土鸡就是好,香着呢。

张大明心里犯疑虑,提着公鸡回家来。半道上遇上四爷。四爷说,你这鸡是卖的吧?我进城去看儿子,正想带一只鸡呢。

四爷从张大明手里接过公鸡,咂着嘴说,能煮一锅肉呢。说着从口袋里拿出30元钱给张大明。

张大明说,四爷,这公鸡也不值这么多的钱啊。四爷神秘地笑笑说,土鸡,金贵着呢。

四爷走了几步又转回来说,俗话说得好,分家三年穷,谁也得从这时候过,只要你不惜力,肯动脑筋,你的日子不会比别人差。

四爷走远了,张大明还手里捏着30元钱发呆。

第二天,张大明又看到那只公鸡在院子里觅食了。张大明捉住公鸡给四爷送去,走到门口又踅了回来。

张大明流着泪把公鸡杀了,煮了肥嘟嘟的两碗肉。他跟媳妇说,一碗送给二叔,一碗送给四爷。

我家的故事

说起我甜蜜的爱情,还跟茅台酒有关。

那是八年前,我和我们村里的小红谈恋爱,都已经好得分不开了,我父亲还是拒绝和小红的父亲做亲家。理由就是在若干年之前,我父亲和小红父亲是同学的时候,因为一块橡皮,小红父亲揍过我父亲。我父亲至今胳膊上还有一块疤。

我每次和小红约会都在村东头的表哥家。这天下午,表哥悄悄告诉我,今晚你们俩就远走高飞,先把生米做成熟饭再说。

吃了晚饭,我找理由说要到表哥家找本书看。父亲像是未卜先知,跟在我身后一边抽旱烟,一边说今晚你哪里也别想去,老老实实给我在家待着!我心里一紧,坏了,是不是私奔的事漏陷了?弄不好,这熟饭就做不成了。

我正在想脱身之计,表哥来了。表哥怀里抱着一瓶酒,跟我父亲说,舅舅,俺哥从城里给俺爹捎来两瓶茅台酒,俺爹说送给你一瓶尝尝。

茅台?父亲一听就来了精神,把手里的烟拧灭,说这可是国酒啊,毛主席喝的,你不会骗我吧?表哥说,你打开不就知道了?父亲将信将疑地打开酒瓶,一股醇香在屋子里氤氲着。父亲吸吸鼻子说,国酒就是不一般,我喝了大半辈子,还从来没有闻到过这么香的酒呢。

父亲倒了一杯酒,喝了,咂吧着嘴说,喝过茅台酒,这辈子算是没白活。父亲笑得乐开怀,对我表哥说,小啊,你这孩子平日里不怎么样,今儿还知道孝敬你舅。表哥又倒了一杯说,舅舅您喝。父亲却说啥也不喝了。父亲眨巴着眼睛说,不能再喝了,我今晚还有事儿呢。喝高了要出丑的。

父亲人称"二两迷",也就是说喜欢喝酒,但是酒量不大,喝一点就犯迷糊。表哥说,这是茅台,喝多了不醉人。父亲禁不住表哥劝说,又遇上天下最好的美酒,像是人生小登科,就说,那我再喝一杯试试?端起来一仰脖子,趾溜一下喝干了。

父亲好像还是不过瘾,又喝了一杯。一边喝,一边跟我们讲他当年的故事,讲着讲着眼睛睁不开了。

表哥冲我递眼色说,还不快走?

后来听表哥说,第二天父亲醒来,气得暴跳如雷,抓起手里的茅台酒,扬了好几次也没舍得摔,倒是把表哥骂得狗血喷头。

一年后,我和小红抱着我们的儿子熟饭回家,补了结婚证。一个丰腴白皙的少妇甜甜地喊一声爹,父亲的气就一下子全消了。又看看胖乎乎的孙子,脸上笑得像挂了一朵花。

父亲嫌孩子的名字不好听,说咱村里有叫生米的,也有叫熟饭的了,我看俺孙子就叫茅台吧。

我们家茅台过周岁时,要摆宴席招待亲朋。我和父亲商量宴席上喝啥酒。父亲说,当然要喝茅台了。我说,那可是国酒,咱喝得起吗?父亲头一仰说,国酒怎么了?喝不起,那是从前。如今日子好了,咱也奢侈一把。旧时王谢堂前燕,飞入寻常百姓家。喝!

后来有个小贩来我们家买酒瓶,一个酒瓶一百元。父亲说啥也不卖。那小贩天天来缠着父亲。父亲急了,当着小贩把几个酒瓶摔得粉碎。我父亲说,我不能让你去做假酒害人。

父亲的秘密

在我们村,我是有名的酒鬼。你随便拉住一个人问他,酒鬼住哪里?那人准会用手指我家的大门。

我嗜酒滥觞于高考落榜那一年。望着别人上大学走了,心里像被灌了半斤砒霜,别提有多难受!午后,我一口气喝了一瓶二锅头,摇摇晃晃地去卧轨。父亲在我身后跟着,把我截回来,朝我屁股上踢了两脚。酒醒后,我迷恋上了写小说,对父亲说我要当作家了。父亲听了,比抱孙子还高兴,到镇上给我买回来一大堆文学名著。父亲说,小子,这回就看你的了。

我闷在家里写了半年,自我感觉离成功不远了。可是我把写的东西投出去,连退稿信也不见。我挺失望,说也许我根本就不是搞写作的料。我就开始酗酒,天天喝得烂醉如泥。又一次喝醉了,我把文学名著扔得到处都是,稿纸满天飞,发誓不写了。

这时候父亲从广州回来了。父亲的舅舅是南下干部,父亲去广州看望他的舅舅回来,一进门就看到被我扔得遍地的书籍。父亲没吭声,神秘兮兮地从包里掏出一件东西说,我喝茅台酒了,你说说,咱们村长也没喝过吧,乡长也不一定喝过呢。

茅台酒?经常在书上看,经常听人说,茅台酒是国酒,可我还从来没

母亲爱听悄悄话

有见过。我眼睛一亮，从床上弹跳起来，伸手去夺，被父亲挡住了。父亲像孩子一样说，这是国酒，可是大干部喝的，小老百姓只有看的分。

我的脸马上就拉长了，转身要走。父亲喊住我说，你小子先别不高兴，咱爷俩定个口头协议，你的小说啥时候发表了，我啥时候让你喝这瓶茅台酒。

对于老百姓来说，喝茅台酒，也许是一辈子都圆不上的梦。我大声问父亲，真的？

老子啥时候骗过你？父亲又说，你努力写你的小说，我也不闲着，争取过了年拆掉咱家的房子，盖全村第一座楼房。

父亲把茅台酒放到他的柜子里，嘎巴一下上了锁，像宝贝一样藏了起来。

茅台酒啥滋味儿？我心里像是爬满了小虫子。我放下书本，偷偷来到父亲的房间，扒着柜子的缝隙，吸吸鼻子。忽然肩膀上被拍了一巴掌，就听父亲怒斥道：看书去！

我瞪了父亲一眼说，我就不信我的小说不能发表，到时候把你的茅台酒喝个底朝天！

父亲看着我说，好啊，发表了才算你小子有种。

一年后，我家拆了旧房子，盖起了全村第一座小洋楼。正在忙着给小洋楼贴瓷砖的时候，邮递员给我送来一份样刊，我的小说发表了。

发表了！我张开双臂，像鸟儿飞翔似的在院子里狂奔，泪水簌簌流。

父亲在衣襟上搓搓手，夺过我手里的杂志，翻开目录查找我的名字。我说，你的话该兑现了！父亲说，什么话？我说茅台酒啊。不由分说，我夺过父亲的钥匙，打开了神秘的柜子。

当我把那瓶茅台酒抓在手里的时候，我惊呆了，原来是个空瓶子。

我失望地转过身，父亲站在我身后。父亲嗫嚅着说，其实我压根儿就没有喝过茅台。那是贵人喝的酒，咱没那口福。我在你老舅家，看他家有个茅台酒瓶就悄悄装进包里。我喝了大半辈子酒了,连茅台酒啥样也没见过。

后来,我用我的第一笔稿费,托人在市里买了一瓶茅台酒。父亲请来了村长和邻居们,围坐在我家新落成的小楼上。我打开酒瓶,酒香扑面而来,大家都吸溜着鼻子,逐个抿了一小口。

父亲笑得眯了双眼说,咱也当了一回贵人。

父亲的微笑

在我的记忆中,父亲从来没有皱过一次眉头,微笑像是被雕刻在脸上。

父亲的口哨吹得好。我小的时候,骑在父亲背上,摸着他光光的脑壳,走过元城的大街和小巷,身后总是拖着欢快的口哨声。别人望着我们的背影说,不知道崔秃子哪里来的喜事儿,整天那么神气。

崔秃子是我父亲的绰号。

那年放暑假,天热得让人受不了,我和几个同学偷偷去贵妃塘洗澡。据说贵妃塘曾经是贵妃娘娘沐浴的地方。可惜我们没有贵妃娘娘的运气好,一下水就被呛了,身子一漂沉了底。幸亏有人在塘边路过,大声喊救人,不远处几个人奔过来,七手八脚一阵忙活才把我们救上来。当时有个叫小珍子的伙伴身子软软的,再也没醒过来。

我父亲在货栈做装卸工,听说了,扔下肩上的麻袋就向塘边跑。

父亲来到塘边,小珍子的爹和娘正在呼天抢地。父亲小心翼翼地朝我走过来,我的目光呆滞,身子像筛糠。父亲微笑着,拍拍我的肩膀说,粒粒,咱们回家好不好?让你娘给你炸糖糕吃。

跨进家门,母亲骂一声小祖宗,抢起扫帚要打我,哪里还给炸糖糕。父亲一把拦住母亲说,他已经吓坏了,你想咋?赶快炸糖糕去。

我扑到父亲怀里哇哇哭。

我偷了同学的蜡笔,在家里画画,父亲发现了,问我哪里来的蜡笔。我的目光躲闪着,说是上学的路上捡到的。父亲笑了,说俺儿子挺会捡,下次给我捡个大汽车。我的脸一下红了,说话也开始结巴了,我说真的是我捡到的,不信你去问问。父亲说,哈哈,我从你脸上就看出来了,你的眼睛告诉我的。

我头上出汗了,想哭。父亲说,还给同学吧,向他认个错,或者交给老师。我说我听你的,你不要告诉我娘,我害怕我娘知道了打我。父亲说,不告诉你娘,不信?咱们拉钩。

父亲伸出手指,和我拉了一下,又在我鼻子上刮一下说,以后不许再拿别人的东西了。走,咱们上街,我给你买好多的蜡笔,俺儿子长大了当画家。

父亲在货栈干活时,从车上摔下来,我和母亲疯了一样跑着去看他。父亲额头上渗出大滴的汗水,闭着眼睛,嘴里嘶嘶呻吟。我喊一声爹,父亲睁开眼,冲我笑了,伸出手来拉我。我的手被父亲攥着,攥得湿乎乎的。我说,爹,你疼吗?父亲始终冲我笑,说不疼,俺儿子在身边,就不疼了。

父亲住了半年医院。我和母亲把他拖到轮椅上,走出医院大门的时候,母亲揉着潮乎乎的眼睛。父亲抬头看看天空,微微一笑说,一条腿没了,还有两只手,还能养活你们娘儿俩。

回到家,父亲让母亲去买酒,倒了一大杯说,儿子,你老爸的新生活开始了。父亲一饮而尽。

父亲的新生活就是在家里为汽车厂编坐垫,是朋友为他揽的生意。夜里,我们睡醒了,父亲还在忙碌着。母亲说,睡吧,不睡觉哪能行?父亲笑笑,我不困,你们睡。

第二天,父亲的手肿了,母亲找来一些药水,让他抹一抹。父亲说,没事儿的,过几天就消下去了。我可不能吃闲饭,一个男人得有事做。再说住医院欠了那么多的债,能还一点就少一点。

我和母亲看着他,心里酸酸的。父亲哈哈大笑,不说了,来,吃饭!啥时候咱家的债务还清了,让小粒粒推着我去全聚德吃烤鸭。

我的读者

那年我害了一场病,医生说需要调养两年才能慢慢康复。从医院出来,只好回家养着。望着起早贪黑在田里劳作的父母,我心里很愧疚,有时候就把自己的苦闷写出来。写多了,试探着让妹妹帮我投进邮箱,有一篇文章竟然在市报副刊发表了。

父亲从田里回来,丢下锄头,一副惊喜的神色,双手在衣襟上搓几下,捧着报纸看了又看,还大呼小叫着跟母亲说,咱儿子有出息啊!

母亲喊父亲吃饭,父亲没抬头,说没看到我正在读儿子的文章吗?

我说,爹,你不是不识字吗?父亲脸一红,谁说我不识字?我还当过

母亲爱听悄悄话

生产队长呢。你上学,每学期不都是我给你们学校签字?

父亲拿着报纸到外面去了,一会儿又回来,喜滋滋地说,我看完了,写得不错,能当大作家。父亲在屋里转一圈,又说,记住,以后每发表一篇,我要先看看。

有父亲的鼓励,我充满了自信。父亲帮我买稿纸,还帮我到邮局投稿。当然,每次发表了,父亲总是第一个抢着看,要做我的第一个读者。父亲看得很认真,把自己关在屋子里静静阅读。每次看完,把报纸还给我的时候,笑吟吟地说,不错不错。

有时候稿子投出去,总不见发表,我的情绪开始浮躁。父亲说,你把你的稿子给我,我替你把把关。父亲看了我的稿子说,很好啊,市报不给发,咱投给别的报纸试试。我心里没底气,嗫嚅着说,行吗?父亲咧开嘴哈哈大笑,行,我看行。

后来那篇文章果然被父亲言中,在省里的一家晚报发了。

有一段时间,我写的少了,发也少了。父亲火烧火燎地说,我还等着读你的作品呢,我可是你的读者,一天不看你的作品,心里发痒,你要替你的读者负责。我说我知道了,我继续努力。父亲嘿嘿笑,这才是我的儿子。

父亲说,我给你讲讲我当生产队长的故事吧,你看能不能写到你的文章里面。父亲抽着旱烟,给我讲起了他的故事,只讲得月儿西斜。这些故事变成了我创作的素材,变成了一篇篇精彩的小说。

不久,我的病好了,还加入了市里的作家协会。有一家公司听说我的文笔好,要聘我去做文秘,搞宣传。

当时我正写一篇小说,公司催着要我的简介,我只好让父亲帮我誊写。父亲搓着手,嘿嘿笑。母亲也笑了,跟我说,你父亲没上过一天学,就认识五个字。有一次去城里,走错了厕所,回来就认死了男和女,还发誓要培养你读书。后来你上学了,为了给学校签字,你父亲练写他的名字,王大海这三个字,练了好久呢。

父亲埋怨母亲,你咋给孩子说这些啊。

我怔住了,泪水在眼眶里打转转。我跟父亲说,你永远都是我的第一个读者。

闺　门　旦

演闺门旦的小辣椒十岁那一年就唱红了豫北冀南。听说有小辣椒的戏,周围村庄的人丢下锄头就向舞台奔去。几乎家家都是倾巢而出。有一户人家两口子都去看小辣椒的戏,家里的耕牛被盗了。后来,一家人便轮流着看戏,舞台上还不时的提醒大家防贼防盗。

这小辣椒的艺名也是有来头的。一是她个子小巧,二是经常扮演性格刚毅的贞洁烈女。

看戏看旦儿,吃包子吃馅儿。舞台上的小辣椒浓墨重彩,粉面桃花,一溜碎步犹如风摆柳,又像水上飘。那白色的水袖云朵一样舒卷自如,勾人魂魄的一双杏眼眨巴几下,一声叫板,娇滴滴的唱腔时而行云流水,时而高山跌瀑,柔中带着烈性,就像油爆辣椒。又如井拔凉水泡透的黄瓜,看着绿莹莹,咬一口嘎巴脆。

演到高潮,小辣椒回眸一笑,自带三分媚。然后做个娇羞的姿势,掩面而去。这时候,台下一阵静寂,仿佛一颗颗心被小辣椒勾了去。继而

才回过神来,掌声久久不息,都说看着过瘾,听着够味儿。

演《单公子投亲》,小辣椒扮的是小姐郑月娥。郑月娥看到年轻帅气的公子单明清,顿生爱慕,有这么一段唱:"这公子他咋长得恁好看,时时爱在俺心里儿。公子好比花椒树儿,俺好比一个小虫子儿,扑棱棱咬一口花椒瓣儿,从嘴唇麻到俺的脚后跟儿。一天看他整三遍,三天看他整三匝,亲娘哎,祖奶奶,俺喝口凉水也上膘。"

据说,这段唱词是小辣椒自己编的,也是她最拿手的一段戏。唱得台下的年轻人骨酥筋软,眼直气喘。一场戏下来,后台就落满了写给小辣椒的情书,小辣椒微微一笑,投到火炉里焚了。

看看小辣椒的戏,回家不生气。有一家人,老公公挨了儿媳妇的骂,寻死觅活。正好赶上小辣椒在邻村唱戏,老公公被人拉着去看戏,回来乐颠颠的,郁闷的气氛烟消云散。

剧团归文化局管。省里和市里的领导来检查工作,文化局长常常打电话让小辣椒过去唱一段,然后陪领导一起吃饭。刚开始,小辣椒不想去,但是禁不住团长的劝说。团长说小辣椒是咱们的摇钱树哩。如今戏曲行业不景气,剧团没有资金投入,日子过得捉襟见肘。小辣椒每次去了,吃吃喝喝不说,还能向领导申请一些拨款,改善一下剧团的现状。

有一次,省领导喝得醉醺醺的,说她唱得好,可以让电视台做个专访嘛。在场的宣传部长马上打电话联系电视台。

小辣椒通过荧屏走进千家万户,报纸上也登着小辣椒的大幅照片。电视里的小辣椒眼里水汪汪的,说是元城的戏迷捧红了我,观众是我的亲爹娘,我永远忘不了我的观众和戏迷。

不久,小辣椒被领导认作干女儿。紧接着又被评为元城十大新闻人物。

有一次陪领导吃饭,酒酣之际,小辣椒跟领导说,干爹,我们剧团是稀有剧种,政府要保护文化遗产啊。

领导说你们打个报告吧。

再吃饭的时候,小辣椒把报告塞给干爹,很快就有一笔款到了剧团账户上。剧团更新设备,经过一番包装,越打越响。小辣椒也一路走红,不仅担任剧团团长,据说还要竞选副县长呢。

今年八月,元城北关高搭舞台,心连心演出。小辣椒回报元城戏迷,率坠子剧团登台献艺。考虑到小辣椒是名家,观众多,县领导担心发生踩伤事故,安排上百名警察到现场维护秩序。

小辣椒一个亮相,出场了。唱了一阵子,一些人搬起凳子走了,一边走一边说没戏味儿。台下的观众越走越少,稀稀拉拉,最后就剩一圈警察了。

小辣椒越唱越不是调儿,嘤嘤哭起来。

男　　旦

男旦姓啥?知道的人越来越少了,人们当面喊他娘们儿,背后叫他假妮儿,他也不急不恼。男旦走路风摆柳,说话娘娘腔,后来到一个草台子戏班学唱戏,扮旦角,手眼身法步,比女人还女人。他扮穆桂英,和演小生的朱春园做搭档,飒爽英姿一亮相,台下掌声雷动,比树叶子还稠。他扮秦雪梅,哭啼啼千柔百媚,悲切切孤雁长泣,观众跟着抹眼擦泪。

尽管男旦长得眉清目秀,人人喜欢听他的戏,却没有一个女孩子愿嫁给他。听戏又不是过日子,一说是唱旦的,都说他是二尾子,阴阳人,

把头摇得像拨浪鼓。父母靠他传宗接代呢,到处找媒人。后来有个寡妇提出一个条件,以后不许再唱戏。

男旦哑哑嘴巴,只得同意了。婚后不久,生下一个儿子。

男旦去田里锄禾,嗓子眼发痒,就悄悄唱。有时候人们围过来,他就忍不住丢了锄头,在树荫下咿咿呀呀唱起来,人们笑得前仰后合。有一次赶上妻子来给他送饭,见人们哄笑,过来一看,自己男人淫词小调唱得痴迷,脸红得丢下孩子回娘家了,再也没有回来。

反正有儿子了,男旦没有去找女人。男旦买了一套行头,一边唱,一边侍弄农田,秋后卖了粮食供儿子读书。

儿子哭着回家,男旦吓了一跳,伸出兰花指给儿子擦泪说,谁欺负你了?儿子说,我恨你。男旦忽闪几下大眼睛问,为啥?儿子说,谁让你唱戏呢,人家都喊你二尾子。

男旦怔了半天没说话,把一副行头摔得粉碎。男旦每天赶几只羊,几只羊变成了一群羊,变成了儿子的学费。有时候走在街上,闲坐的人就说来一段。他笑笑,不行了,嗓子上不去了。

儿子有出息,不但没有遗传他的水蛇腰、娘娘腔,还让他很有面子,上高中、读大学,分配到县城上班。儿子在县城买了房子,就不让男旦在家里放羊了,把男旦接到县城住。

男旦说这几天吃饭少,觉着胸闷,心烦。儿子说那你就到公园转转吧。公园的树荫里传来锣鼓声,唱的是豫北大平调,把男旦沉睡多年的戏虫子唤醒了,忍不住想唱。几十年没唱了,男旦清清嗓子,试着唱了一段。因为是反串,人们欢呼着鼓起掌来。有人围着他要和他合影,还有的说你去电视台戏曲大世界参赛吧,擂主准是你的。

回家,男旦觉着神清气爽,也不吃药了,心里像是打开了一扇天窗。

第二天儿子下班回来带了一张报纸,说爹啊,你就别给我丢人了,我正搞着对象呢,你说你让我的脸向哪儿搁啊!原来昨天在公园正好赶上有个记者,给他拍了一张照片刊登在晚报上。

男旦又一次沉默了。男旦沉默了几天说,我还是回老家吧,省得给你丢人。儿子说回老家谁照顾你啊?男旦说,我还放羊。

儿子下班回来,屋里已经空了。

过一段日子,儿子回家看他,一进村就见一伙子老人说说笑笑,腋下夹着马扎,怀里抱着青草。儿子就问,你们这是弄啥哩?老人们说到你家听你爹唱戏啊,你爹养了一群羊,说是卖了羊买道具呢。我们去你家听戏顺便带些青草,免得你爹去放羊了,省出时间给我们唱戏啊。

儿子进了家,男旦说不怕我丢你的人了?儿子笑了,说爹你猜猜你的儿媳妇是谁?

男旦说,我哪能知道。儿子说,是当年和你唱戏的搭档朱春园的闺女,听说你是我老爹,人家才同意这门亲事的。

是吗?男旦听了跺跺脚,一溜碎步,抖着花白的胡须扭扭捏捏地唱了起来:在绣楼我奉了小姐言命,到书院,去看看先生的病情……

这一回唱的是《拷红》。

戏子补丁

虽说艾三不是科班出身,却演啥像啥,是元城县坠剧团的多面手。艾三小时候喜欢看戏,看一遍便熟记于心,模仿舞台上的人物,一个动

作,一个眼神,惟妙惟肖。认识他的人都说他是个戏虫子,用行家的话,那叫浑身带戏。

艾三放羊的时候,常常放开喉咙,唱了一段又一段,唱得韵味儿十足,过路的人就坐下来聆听。后来,艾三不放羊了,到剧团做了临时演员。

艾三演生角温文尔雅,风度翩翩,演武生则挥拳弄棒,行云流水,丑角、须生更是不在话下。更叫绝的是扮旦角、演青衣,舞姿曼妙,扮相俊美,轻移莲步,扳动兰花指,开口娇滴滴的道白,声音甜脆,就像撕绸缎、摔酒盅。接下来咿咿呀呀的唱腔,韵味悠扬,吐字清晰,宛若风吹银铃。

剧团里常有演员请假。今天演张飞的大丑家里有事儿,明天演红娘的二玲崴了脚,都是让艾三救场。生旦净丑,艾三样样拿得起,哪里需要哪里补,被誉为戏子补丁。

青衣徐小雅,鸭蛋脸,一双狐媚的眼睛,是剧团的台柱子。可惜这个美人的命不好,才28岁,男人就一场病殁了,撇下她带着三岁的孩子。追她的人倒是不少,徐小雅却看不上。

大丑早就对徐小雅垂涎三尺了,像是丢了魂儿。有一次徐小雅的孩子在后台找妈妈,大丑拿着糖块逗孩子说,喊爹,给你糖吃。孩子愣一下,就怯怯地喊了。恰好徐小雅走过来,气得眼睛出水,抱起孩子跑了出去。大丑望着徐小雅的背影说,这下倒好,演《秦雪梅》不用化妆了。

艾三白了大丑一眼说,咋说话呢?别欺负人家孤儿寡母。

大丑看看艾三,哟,你还挺会心疼人啊,我看你是想做徐小雅的补丁了。

艾三黑了脸,瞎扯,我看你才有那花花肠子。

大丑说,我就是要娶徐小雅,碍你什么事儿?狗咬耗子。

艾三说,你也配得上徐小雅?

大丑诡笑说,不就是个小寡妇嘛,你看我一定把她追到手。

艾三还想说啥,大丑去撵徐小雅了。

剧团排演《武松杀嫂》，徐小雅扮潘金莲。有一场潘金莲与西门庆的床上戏，好几个演员争抢着要扮西门庆。大丑找团长，也要扮西门庆。团长笑了，人家西门庆可是风流倜傥，是个美男子，你啊，还是扮武大郎吧。

大丑嘿嘿笑，武大郎就武大郎，还能和徐小雅做一回名正言顺的台上夫妻呢。

《武松杀嫂》在元城北关演出，扮武松的长春老婆生孩子，只能让艾三补场了。锣鼓铿锵，演到武松跟着武大郎回家，潘金莲给武松倒酒一折，潘金莲给武松抛媚眼，倒是把一旁扮武大郎的大丑的心勾酥了，暗暗在潘金莲的腰上捏了几下。因为在舞台上，徐小雅羞得满面通红，只好忍气吞声，把戏接着演下去。

扮武松的艾三看得真切，跳过去把大丑骑在身下，一顿猛揍。

台下乱了套，武松怎么打起武大郎来了？

敲锣打鼓的乐队也怔住了。戏比天大，艾三怎么连一点职业道德也没有？个人之间再大的冤仇也不能在舞台上出气啊！

艾三把半年的工钱赔给大丑，离开了剧团。后来，艾三听说团长做媒，徐小雅嫁给了大丑，婚宴在元城酒家摆了20桌。

正在山坡上放羊的艾三放开喉咙，高喊了一嗓子。羊们都停止吃草，齐刷刷地抬起头来看他。

第三辑

在地图上旅游

巧巧的辫子

十三岁的巧巧和村里的女孩不同的是她有一头长长的黑发,拧成一条大辫子,尾巴一样甩在身后,走起路来左一摆右一摆的。

如今的女孩大多是留短发,或把头发染成金黄金黄的颜色。别说在村里,就是在镇上也难找到一个留着长辫子的女孩子。可是巧巧的长辫子不但不显得土气,还成了一道好看的风景。村里人说起巧巧,还有人要问巧巧是谁?如果说留着长辫子的那个小妮子,便都知道说的是巧巧了。

巧巧的娘没有死的时候,天天给巧巧梳理辫子。娘死了,爹一到晚上就酗酒,把猪卖了,把羊卖了,把田里收获的稻谷也卖了,换成了酒,喝多了酒就去镇上的发廊找女人。有一次巧巧夺过爹手中的酒瓶子摔得粉碎,却换来爹的一顿毒打。

巧巧去年就不上学了,白天去田里拔草,回家还要喂鸡、做饭。晚上闲下来的时候,巧巧来到屋后的小溪边,先把头发散开来,然后浸到溪水中轻轻地揉搓,从头发梢到脚指头尖都是凉丝丝的感觉。别的女孩都用什么洗发膏,巧巧啥也不用,每晚洗一次,头发就亮得出奇。

没人陪巧巧说话,巧巧就跟自己的辫子说话。她说,辫子,俺想娘。她说,辫子,爹不喝酒该有多好。辫子不说话,巧巧就用手指掐辫子,又怕把辫子掐疼了。

辫子越来越长,长到了巧巧的屁股下,快要到膝盖了。

有一天村里来了一个外地口音的人,骑着摩托车在街上喊谁卖长头发。村里人就觉着新鲜,真是买啥的都有,还有买长头发的。喂,你买了长头发做啥?外地人说给城里人做假发用的,越长越值钱。

村里人说那你去找巧巧吧。

外地人见了巧巧的长辫子,惊愕得嘴巴里能塞进个鸡蛋,说你把辫子卖给我吧,我给你100元。

巧巧想都没想,说俺不卖。

外地人急得直跺脚,说俺给你200元还不行吗?

巧巧说你走吧,多少钱俺也不卖。

第二天,外地人又来了,说愿出300元、400元、500元你还不卖?巧巧还是不抬头,只顾给鸡剁菜。巧巧的爹在家,眼睛放着光说,妮子,卖了吧,500元哩,顶咱们卖1000斤稻谷啊。

巧巧白了爹一眼说,还够你喝一个月的酒哩。

爹急了,你这小妮子,教训起老子来了,你卖不卖?

巧巧说,不卖不卖就是不卖。

晚上,爹嘴里吐着酒气说,妮子,爹求你了,把辫子卖了吧,爹正需要钱呢。卖了辫子咱就扯块布,让东头的王大脚给你做件花褂子。再说了,这辫子还不像田里的韭菜?割了一茬又一茬,很快会长起来的。

俺才不稀罕你的花褂子哩。你需要钱,俺就去打工给你挣钱,多累也不怕,就是不让你卖俺的辫子。

月光下,巧巧望着自己映在溪水里的倒影,黑黑的一片,看不清眼睛,也看不清嘴巴,却能看到长长的辫子。巧巧取出一把剪刀,一点儿都没有犹豫,咔嚓一下就把辫子剪下来了。她在娘的坟前刨了个坑,小心翼翼地把辫子放到坑里,眼泪吧嗒吧嗒向下掉,落在坑里,落在坑里的辫子上……

徐飞飞的音乐会

徐飞飞高中毕业那一年跟爹说,她想当歌唱家,她要去市里练歌。爹就后悔不该送她到县城读书,说咱这小县城盛不下你了

她再一次跟爹说这话时,爹正喝着自家酿制的地瓜酒。爹把酒碗摔在地上,抓起一根手指般粗细的麻绳打得她脊背上一道道的血印子。

徐飞飞咬着牙一声不吭。

娘心疼得不行,一边抱着爹的腿,一边冲她喊,妮子你哭呀,你哭呀。

徐飞飞把嘴唇都咬破了。

爹把媒婆子请到家时,徐飞飞已经上了火车。她想,这一走给娘惹祸了,爹发现放在炕洞里卖稻谷的钱不见了,说不定会把娘打得像杀猪一样号叫。

徐飞飞按着报纸上的介绍,找到了大胡子音乐家说,老师,俺想跟着你学唱歌。

大胡子眯着眼睛,小手指在耳朵里掏来掏去说,你先唱支歌我听听。

徐飞飞就唱了起来。小时候,她去河边洗衣服、去田里打猪草,唱的就是这支山歌。

大胡子笑了,拍了下她的肩膀说,这孩子嗓子不错,是棵苗子。大胡子又说你每天晚上来我的辅导班,先练民族唱法吧。

徐飞飞白天做保姆,替一家人看孩子,晚上来大胡子的辅导班练嗓子。她的进步很快,仿佛天生就是唱歌的坯子。徐飞飞唱起歌来就忘了一切,像是又站在了家乡的山坳间。山头小鸟啾啾,山下河水潺潺,露水打湿了她的裤管,甜美的歌声在山间回荡……

终于有一天,大胡子说,孩子,想在艺术圈里混,首先得冲刺青年歌手大赛或搞一场个人音乐会轰动一下,没有名气就没有立足之地啊!

谁不想出人头地?徐飞飞报名参加市电视台的一项比赛,十个评委中只有一个为她打分。这位好心的评委叹了一口气说,姑娘,你太天真了。

为了暂时混口饭吃,她只好到一家娱乐中心唱通俗歌曲。

一个企业家找到她,说要赞助她一场音乐会,帮她请来市里最有名气的记者,到时候保你徐飞飞不想走红都不行。音乐会的前一天晚上,企业家在宾馆请徐飞飞吃饭。企业家喝高了。徐飞飞感激好心的企业家,也喝得脸蛋儿红红的,像一朵玫瑰。徐飞飞搀着企业家推开包间的门,企业家就迫不及待地转过身来,一把把她抱住了。徐飞飞脑子里轰了一下,受惊的小鹿一样夺门而逃。望着徐飞飞的背影,企业家摇摇头说,傻妞,咋还这么单纯。

徐飞飞在市里待不下去了。

她走进家门时,爹和娘正在吃午饭。娘惊得丢了饭碗,抱着她哭,妮子,你可回来啦。

她说爹,你打死我吧。

爹神情木然地扭过头去,说我打你做啥?你想咋办就咋办吧。

她要为自己举办一回专场音乐会。站在村北的打谷场上,她终于放开了歌喉。

乡亲们却听得没劲,一个个摇着头向家走,说唱得像鬼号一样,像驴叫一样,还没有河南梆子听着得劲。

有一个白了胡子的人跟徐飞飞的爹说,快把妮子拉走找户人家嫁过去吧,咋能让她这样疯!

徐飞飞唱了一曲又一曲。她的歌曲在山峦间飞翔,静静的河水听得陶醉了,小鸟听得忘了归巢。徐飞飞激动得哭了,泪花儿在夕阳中闪烁。

手　不　朽

我是小偷张闹的手。我不想助纣为虐,继续协助张闹做小偷了,为了拯救他,我甚至尝试过自杀,几次都没有成功。

我决定摆脱主人的掌控。有一次,张闹在公交车上掏钱包时,刚把我伸向一个人的口袋,我故意撞了那个人一下,那人发觉了,挪了挪位置。

张闹感到蹊跷,打我一下说,真他妈的见鬼了,我的手竟然不听我的指挥。

我很疼,但是我为阻止张闹的偷盗行为而高兴。

我要做一只自力更生的手,哪怕去捡破烂,让废铁丝把我扎得血肉模糊;我也宁愿去工地,把我磨出一层老茧。于是,我一次次拒绝和张闹的合作,张闹害怕了,老实了一阵子。

有一次,张闹重操旧业,上了公交车。一个衣着鲜亮的少女蝴蝶一样翩翩飞来,目光投放在张闹身边的空座上。张闹却盯上了少女鼓鼓的钱包。少女坐下来的一刹那,我用最快的速度,抹了一下座位上的灰尘。女孩感激地冲着张闹笑笑,说了一声谢谢。张闹激动了,长这么大,很少

有人向小偷说谢谢。

张闹盯着我看了一阵子,好像不认识似的,心说我的手怎么了?

少女微笑着告诉张闹,她叫小红,还给张闹留下一个手机号。晚上,小红白嫩嫩的脸蛋在张闹眼前晃悠,张闹拿出小红的手机号,拨通了,约小红出来散步。

月光下,我主动搭上小红的肩膀,让张闹跟小红恋爱了。

小红一双美丽的大眼睛看我一下,脸红了。

我开始在小红白皙滑腻的肌肤上游走。小红钩着张闹的脖子,眯着眼睛,幸福地说,感谢你这只善良的手。

那一刻,是我最幸福的时刻,我第一次得到女人的褒奖,也庆幸给主人带来爱情的甜蜜。

张闹和小红去办理结婚登记。我挽着小红的手,小红的手柔柔的,滑滑的,以后就是我的伴侣了。过马路的时候,小红看见一个小男孩在马路中央,被一辆飞驰而来的汽车惊呆了。

小红一声尖叫。

我带着张闹飞向男孩。张闹莫名其妙地被我拖着、拽着,奔向路中央,我用尽全力,把男孩推向一边。

张闹成了英雄,上了报纸,上了电视。市长到医院看望张闹,说要号召全市青年向张闹学习。

白大褂惋惜的目光望着失去知觉的我,摇摇头,又摇摇头。张闹忘记了疼,抱着我泪雨纷飞。

我醒过来的时候(我已经死了,醒过来的是我的灵魂),已经躺在手术室里。我离开了张闹的身体。

惊奇的是,我依然红润丰满,富有弹性,依然血脉分明,青筋突兀。张闹舍不得扔掉我。

我是英雄的手,我被制作成标本,躺在冰凉的玻璃柜里。

有一次，一群孩子来看我，他们的老师向他们讲起我的故事，孩子们一个个向我敬礼。

我知道，我没有死，我永远活着。

腿 罢 工

我是长跑运动员凯利的腿。久经沙场的凯利站在领奖台上，是我最兴奋的时刻。

凯利小的时候，和他的伙伴一起玩，有人欺负凯利，让凯利下跪。凯利害怕了，可是我就是不弯曲，凯利也没办法，急得直哭。小伙伴开始打他，我带着凯利飞奔，像兔子一样，把小伙伴，还有小伙伴投掷过来的石块抛在后面。

凯利是个有点懒惰的孩子。天不亮，我就唤醒他，开始锻炼。我带着凯利在元城大街上长跑，跑出了城区，穿过麦田，穿过森林。

老师说凯利跑得快，让他参加学校的田径比赛，我一听高兴极了，可是凯利没信心。老师让他试试。开跑了，凯利想放弃，我替他着急，我变成了凯利的两只翅膀，以最快的速度到达终点。

凯利成功了！同学们为他鼓掌，老师表扬了他。

不久，凯利到了体校，成为一名长跑运动员。从此，我有了一个梦想，我要做世界上最优秀的腿！

我最喜欢听起跑的枪响。啪！这声音对我来说,是多么诱惑啊。

我成了名腿,不仅站在领奖台上,还站在凯利母校的讲台上。学校邀请他回母校作报告,凯利的眼睛湿润了,讲起他不幸的童年。最后,凯利说,感谢我的双腿,是它给我带来如此多的荣誉。

大家热烈鼓掌。那一刻,我是世界上最幸福的腿。

大家要他签名。大家还看着我,说我健壮发达。甚至还有个学生抚摸着我,感动地哭了,要我的一根汗毛留作纪念。

电视台开始找凯利做广告。我跨越的姿势出现在电视画面上,出现在报纸上,甚至学生们手里提着的手提袋上,还被好多少女贴在床头。

母亲对凯利找的女友不满意,好多天不和凯利说话。我弯曲,凯利莫名其妙地跪下了。凯利还纳闷,自己怎么就跪下了?

母亲泪水盈腮,拥抱了凯利。

我也有控制不了凯利的时候。

有一次,凯利陪着女友上街,路过菜市场,一个农村老太太的菜摊前摆放着一堆胡萝卜,水果一样鲜艳,一块钱一斤。女友挑了几个拿在手里说,八毛一斤吧。老太太笑笑说,姑娘,我们种菜很不容易的,还要浇水、施肥,一块钱一斤还算贵吗?老太太一边絮絮叨叨,一边从女友手里夺胡萝卜,手上的泥巴弄脏了女友刚买的花裙子,女友一声惊叫。

凯利一看,飞起一脚。

我不知咋回事儿,就把老太太的菜摊儿踢飞了。红艳艳的胡萝卜撒了满地,好多人过来围观。

有人认出了凯利,说那不是长跑冠军吗?

我为凯利脸红,懒得再跟凯利合作了。尽管我是他身体的一部分,我也要罢工。在赛场上,我拖着凯利。凯利在观众期待的目光中落在了最后。

凯利说,不知咋回事儿,我这条腿不听使唤了。

凯利带着我去医院检查。

我宁愿自己被医生锯掉。

拍片,医生很纳闷,你这条腿没事儿啊?

我暗自庆幸,我还要继续罢工。

一阵胜利的快感过后,我哭了。

种树的女人

女人的性子犟,非要嫁给毛乌素沙漠边缘的男人。

出嫁那一天,婚车沿着曲曲折折的小路,从日出走到日落。女人一下婚车就惊呆了,旷野上只有一座低矮的土房子,环顾四周,茫茫沙海,满目苍黄,摇曳着稀稀疏疏的几棵蒿草。这就是自己的家吗?女人的心一紧,脑海里比眼前的沙漠还要空旷。

院里有一头猪、一群羊,打量着陌生的新主人。

晚上睡觉的时候,男人把一把铁锹放在门后。女人疑惑地望着男人,男人没说话,送给女人一个神秘的微笑。

夜里刮起了大风,风卷起沙漠,魔鬼一样呼啸,像鬼哭,像狼号。女人没有见过鬼,也没有见过狼,再也想不出比鬼和狼还要残酷的形容词。女人用被子蒙上了头,铁了心,熬到天亮,要逃离这个地方。

天亮了,风也停了。女人去开门,吓一跳,门被沙子堵上了,像是被

埋进了地窖。男人不急,拿起铁锨一阵忙活,挖洞一样,把门挖开了。女人到院里一看,院里变了模样,矗起一个小山一样的沙丘。

天啊,这还是昨天看到的那个家?屋后的沙子堆积,和房檐一样高,猪踩着沙子,上到了房顶上。

女人哭了,这鬼地方,咋过啊。

男人说,你后悔了,还来得及,现在就可以走。

女人看男人一样,犟劲儿又在血液里蹿起来。女人说,我要和沙漠较量。

男人被吓了一跳。男人说,祖祖辈辈都是这样过来的,你还想咋?

女人说种树。

男人说,沙漠里面种树,你疯了吧?

女人真的疯了,把猪卖掉了,又卖了几只羊,换回一捆捆松树苗。女人找一辆架子车,带上水和吃的食物,拉着树苗走向沙漠深处。

男人来帮她,搭起小帐篷,挖一个坑,又挖一个坑,把树苗的根部装到塑料袋里面,浇水,然后填土,踩实了。

夜里下大雨,女人想,树苗该成活了。一阵大风,刮得帐篷像断线的风筝一样,上天了。雷电一闪,女人抱紧了男人的肩膀,瑟瑟发抖,像一只受惊的羔羊,任凭雨水冲刷。

刚栽下的树苗被雨水冲走了,她被淋病了,欲哭无泪,发誓说再也不种树了。

向家走,脚下一蓬绿色。女人问男人这是啥?男人说是沙柳,沙漠里的柳树,三年砍一次,把根留下,来年长得更壮。她是看不起柳树的,家乡的柳树柔柔曼曼,像个娇气的女人,而沙漠里的柳树却是越挫越勇,如此的顽强,让她肃然起敬。

她转过身又向沙漠里走,男人在后面跟,喊着她的名字。她不回头,把被雨水冲走的树苗捡回来,重新栽好。

女人回娘家借了一笔钱,全买成树苗栽进沙漠里。树苗发芽了,绿色的小脑袋在风中摇晃着。女人笑了,把家安到了沙漠深处,承包了三千亩沙漠。

女人到城里找朋友贷款,朋友说,你疯了?把钱扔到沙漠里,会血本无归的。

女人说我才不疯呢,我这一辈子不能让沙漠折磨死。

女人白白嫩嫩的皮肤被风沙打磨得粗粗糙糙,手掌像树皮。她的房子已被浓荫簇拥,屋前有池塘,养着一群鸡、一群鸭,屋后是郁郁葱葱的苗木基地。

她还鼓励别人种树,一片绿和一片绿连接起来,绿色在一点点延伸。

有人来到内蒙古鄂尔多斯市乌审旗,问这位治沙英雄栽了多少树,这个黑黑瘦瘦的农家女人指指身后的森林,憨厚地笑着说,数不清了,也没有数过。

这个女人名叫殷玉珍。

谁是凶手

我和顾老六是光屁股在一起长大的朋友。顾老六这个家伙比我狠,一发脾气总是冲我瞪着眼说,老子是干大事的人,谁像你,连一只鸡也不敢杀,胆小得像个女人。

想当年我和顾老六一起去偷鸡,他行动,我盯梢。过一会儿,顾老六腋下夹着一只鸡,一溜小跑回到他的小柴房,把鸡扔在我脚下,一副命令的口气说,杀了它。我一只手抓鸡,一只手掂着闪光的刀子,竟然开始发抖。刀子像拉锯一样在鸡脖子上划几下,那鸡竟然挣脱了,满屋子飞,还下了一个蛋。顾老六说声瞧你那熊样,从我手里夺过刀子,一刀下去,鸡血溅了我满脸。

后来顾老六去了城里,做生意,倒皮毛,听说发财了,买了轿车,买了房子,挺风光。

今年冬天,顾老六给我打电话说我马上就到你家了。我一点儿准备也没有,正在惊慌失措,就见一辆黑色轿车停在了我的家门口。顾老六从车上下来,说是在城里待烦了,玩腻了,回老家来找找当年的感觉。顾老六还嚷嚷着说冻死了,冻死了,农村没暖气,真不好受。我说你才进城几年啊。他就像杀猪的屠夫写情书,也不知从哪里学来一句,附庸风雅说瞬间尝遍人间凉热啊。

好在我的屋里生着煤炉子,暖暖的。顾老六盘腿坐在我的土炕上,一边喝酒,一边吃肉,兴高采烈地给我讲他在城里的故事。我家里养着一只猫,不停地号叫,我便撕一块肉给猫吃。顾老六抓起猫扔到外面说,你还养猫?讨厌死了。

我说真是江山易改本性难移,你这家伙还是老脾气。顾老六把一块鸡肉塞进嘴里,一边嚼一边说,这脾气到死也改不了。

这天晚上顾老六喝多了,天南海北地扯,扯钱扯酒扯女人,扯得上眼皮和下眼皮打架。最后睡在我的床上,把我赶到冰冷的外屋去睡。老朋友好不容易来一次,我只得依了他。

第二天早上,顾老六不给我开门,我撬开门一看,顾老六死了。吓得我毛骨悚然,连忙给顾老六家人打电话。

顾老六家人报了案,硬说是我谋害了顾老六。我已经够晦气的了,还摊上这案子,你说倒霉不倒霉。

警察审问我,你和顾老六有仇?我说没有。

那你为什么向他下毒手?警察问。我说我就是下毒手也不能把他杀死在我的炕上啊!再说了,认识我的人都知道我连一只鸡都不敢杀,哪里敢杀人啊。我如果图财害命,早就把他的车弄走了,你们查一下,顾老六的车还在,手机还在,我没有动他一分钱。

警察又问我,顾老六是不是喝酒喝得很多?我回忆一下说,根据他的酒量,喝得不算多。

警察看看顾老六的尸体,从身上取出一些东西走了。我作为犯罪嫌疑人,被关到一个小房子里。两天后,警察把我放出来说,经化验,顾老六是一氧化碳中毒致死。

后来警察又来我家,在我屋里转悠说,你的屋子封闭得太严,才造成顾老六的死亡。

我觉着蹊跷,我在这里住了几个冬天了,咋就没事呢?

警察也觉着疑惑。

这时候,我的猫大概是饿了,冲我叫。我犹如醍醐灌顶。原来,我每天晚上睡觉时为了猫进出方便,故意把门拉开一道缝。而顾老六这家伙讨厌猫,把门堵死了。

在地图上旅游

有一次去基层采访,我在偏僻的小乡村,认识了一个长年卧床的瘫痪少年。少年身边放着几张花花绿绿的地图,已经被翻看得非常陈旧了。他说这是他唯一的精神寄托,凭着这张地图,他对全国的地名耳熟能详。你随便说出一个地名,他都能准确地说出这个地名的方位,属于哪个省份,还能说出这个地方到另外某个城市的距离,甚至这个地方有什么景区。

他像导游一样讲得五彩缤纷,好像是那里的常客。

其实,他连邻近的村子也没有去过。唯一的一次外出是八岁那年,趴在父亲的背上去县医院看病。走在县城的大街上,他望着高高的建筑问父亲,这里的房子咋那么高?父亲说那是楼房。他又好奇地问,咋路边的草这么大?父亲说,那不是草,是树。他望着广场上放风筝的孩子,似懂非懂地点点头。

白大褂医生给他做了检查,摇晃着脑袋说没有站起来的希望了。他像听到一声霹雳。望着蹲在地上,用粗糙的大手揉搓着头发的父亲,他擦擦泪,重新趴到父亲背上说,咱们回家吧。

回到土炕上,父母去田里劳动,妹妹上学,家里剩下他自己,望着黑黑的屋顶发呆。土炕边上有一个小洞,几只出出进进的小蚂蚁成了他的伙伴。后来小蚂蚁不见了,一连几天他都感到寂寞和失落。他用手指在木格子窗棂上捅开一个洞,眯着眼看院子里艳艳的花、青青的草,还有跑来跑去的鸡鸭。这个小洞成了他多姿多彩的世界。

看累了,他让放学回来的妹妹教他识字。识字真是一件最最有趣的事情啊,妹妹的花书包像是魔力无限的神奇世界。一年后,他能断断续续看书了。

母亲从小卖部买盐,用一张旧报纸包着。她不让母亲把旧报纸扔掉,像宝贝一样捧在手里,从头到尾把每一个字都看了。

也有想不开的时候。望着起早贪黑忙忙碌碌的父母,不忍心再拖累他们了,他选择了自杀。有一次,他偷偷把母亲的水果刀藏到身边。母亲疑惑地问,水果刀呢?哪里去了?他不吭声,蒙上头,眼里盈满了泪水。

妹妹从外面捡到一张地图,他看得入了迷。世界真大啊,自己的村子根本就找不到。去过的那个县城,高高的楼,高高的树,那么多的人,才是一个小黑点。那晚,他失眠了,哀求父亲给他买一本地图册。

父亲舍不得给他买,到捡破烂的邻居家,用两个鸡蛋换来一本脏兮兮的地图册。地图册薄薄的,只剩下十几页,还是20年以前的版本,却成了他的宝贝。密密麻麻的线条,黑色的是铁路,红色的是公路,蓝色的是河流,还有花花绿绿的城市、高山、森林、沙漠、大海。他把地图册放在身边,天天看,打消了自杀的念头。

少年听说我从城里来的,给我讲西藏的雪山,讲石家庄到济南的距离,讲天山的风光,讲得有滋有味儿。有些地方我去过好多次了,竟然没有他了解得那么细致,甚至没有他描述得那么美好。他先是和我争执西湖的景点,后来听说我要去内蒙古,兴高采烈地给我指点线路和沿途风景。他的脸上洋溢着微笑,像个博学的旅行家。

回到城里,我专程到书店买了一套最新版地图册和几张城市旅游图,托人送给少年。这些地图对于他,一定是最好的礼物。

能　耐

在元城，评价一个人，就说这个人有能耐，或者没能耐。当然了，有能耐的人要受人尊敬。比如唐三，就是有能耐的人。

唐三的能耐并不是体现在唐三的钱多钱少，而是有实权。唐三是葫芦巷的电工，家家户户用电归他管，唐三走路眼睛朝天，你能说唐三没能耐？在葫芦巷这一亩三分地，谁也别想憋得过唐三。比如索子，开着一个小饭馆，才红火几天就找不到北了。中午 12 点，食客正多的时候，突然没电了。索子跑到街上，对门饭馆的鼓风机嗡嗡响，电风扇呼呼转，你说气人不气人？

索子骂骂咧咧去找唐三，你为啥停我的电？我又不欠你的电费！

唐三一点儿也不急，慢腾腾地说，电压超负荷了，上级命令我拉闸限电，你说让我先从谁的头上开刀？

索子像燃旺的炭火被浇了一盆冷水。索子说，反正你不能停我的电。

唐三说，你说话别这么横，电是商品，谁用谁花钱，我还盼着你用电呢。可是上级有命令，总得找个限电的地方吧？不停张三就得停李四，我也是没办法。有能耐你找电力局长，别让停电。

索子转一圈，急过了，气过了，还得低头，生意可是耽搁不起。停一天电，别说不能营业，冰箱里的 50 斤白条鸡全得馊了。索子出去买回来两盒好烟塞给唐三说,算你有能耐,以后还得靠你关照,走,到我饭馆喝几盅。

电送上了,鼓风机、电风扇开始转起来了,煎炒烹炸,索子一阵忙活。唐三隔三差五地,来索子的饭馆吃饭。吃饱喝足,拍屁股走人,索子不敢要钱,还得像孙子一样敬着他。有时候喝得醉醺醺的,唐三说,你的生意,是我照顾的,是不是?你说是不是?索子两只手在围裙上搓着,点头哈腰地说,那是那是。

似水流年,一个个日子拥挤着过去了。今年春天,唐三的电工被撤职,索子也就不理唐三了。不当电工的唐三又来索子的饭馆喝酒,临走,索子横在门口说,埋单!

唐三愣了一下说,你也学会欺负我了?你这是忘恩负义,过河拆桥。

索子哈哈笑,吃饭拿钱,天经地义,你是明白人,别说糊涂话。你不来我饭馆吃饭,我不会找你要钱。

唐三睥睨的眼神在索子身上扫了一下说,真没看出来,你也能耐了。不就是俩小钱嘛,给你。唐三甩下五十块钱,扬长而去。索子说,这就对了,您慢走。

唐三忽然停住脚,回过头说,虎落平阳遭犬欺,你们这些见钱眼开的商人,伤人啊。

索子说,好汉不提当年勇,您别把话说得那么难听。你不做电工了,也不要端着架子了,就不能干点别的?摆个小摊也比人不人、鬼不鬼地混日子好啊。

唐三说,这个就不劳你操心了,我想建一个养殖场,可惜没资金啊。

索子说,我不操心行吗?不就是钱嘛,需要多少,尽管吱声。

唐三不信,你有那么好?索子说,您是能耐人,咋这样说话呢?人这一生,谁没有磕磕绊绊?关键时候要相互拉一把。

后来,唐三在索子的帮助下,把养殖场建起来了,天天来索子的饭馆拉泔水。唐三说,索子,你的能耐比我大多了!

民间刘邦

父亲不识字,却很能讲故事。父亲眯着眼睛,深深吸一口旱烟,缓缓吐出来,一缕烟雾在他脸前缭绕。父亲最喜欢讲的是刘邦,从亭长讲到皇帝,原本复杂的故事和宏大的战争场面,从父亲的两唇之间滔滔不绝,精彩无限。

讲完了,我们听得意犹未尽,央求他再讲一段。他笑笑,在地上扣扣烟锅,轻轻咳嗽着说,明天接着讲。

有一次,父亲在街口盘腿而坐,我和弟弟,还有许多孩子围坐在父亲身边,听父亲讲刘邦的故事。讲到兴奋处,父亲问我们,刘邦为什么能得天下、做皇上?我摇摇头,弟弟摇摇头,大家都摇摇头。父亲这才告诉我们,刘邦很自信啊,一次次失败,一次次从头再来,这叫屡败屡战。

这时候,父亲的眼里就会闪烁着亮光。

我在父亲的故事中一天天长大,离开了家,到北京读大学。父亲给我打电话,总是叮嘱我,向刘邦学习。我说你放心吧,我一定能做皇上的。父亲一听就乐了,这才是我的好儿子。

大学毕业,我到一家公司上班,却处处受挫,干脆辞职下海,做生意,在元城开了一家服装店。孰料生意场上也不是顺风顺水,很快我就面临着关门的困境。父亲来看我,我低着头说,我辜负了你。父亲说,我就是怕你情绪低落,专门来告诉你,咱不会和穷日子过一辈子的。你看看人家刘邦,从亭长到皇帝,好多学问呢。

那天晚上,父亲陪着我,和我讲刘邦的故事。这些故事,我都听一千遍了。天亮,父亲急匆匆坐班车回去了,说我弟弟承包了60亩荒山,家里忙着呢。

我利用朋友关系,贷了款,重打锣鼓,找到一家品牌服装,把我的门店改成了他们的专卖店,很快就柳暗花明,打开了局面。一年后,我在朋友的帮助下,开了几个分店,生意越来越火爆。

秋后,父亲又来找我,原来弟弟承包的荒山种果树,成堆的苹果买不上好价钱,弟弟一气之下,要把果树砍掉,父亲着急了,让我帮他。正好我有一个同学在农业局做副局长,我请这位同学帮忙,从外地引进一批优质品种。三年后,苹果卖到了上海,价钱是本地苹果的几倍。弟弟成了元城的果树状元。

父亲心里乐开花,给我打电话,说我弟弟有钱了,被选为村长。弟弟还在果园里养鸡养鸭,盖了一栋小别墅,让我回家看看。

这时候,我也成了元城商界的巨头,拥有两座商城和几十家门店。

父亲七十岁大寿这一天,我终于回到老家。我的轿车停在弟弟的果园,就看见父亲和弟弟在迎接我。

父亲一手拉着我,一手拉着弟弟说,你们俩,一个是商业刘邦,一个是乡村刘邦,今天的寿礼看看谁的多。

我一愣。父亲说,我过生日,咋说也得给我几十万吧?我说一百万也没问题,你告诉我,你要那么多钱做什么?父亲说,你弟弟带领乡亲们致富,我也不能闲着,想给村里修一条柏油路,以后你回来,就方便多了。

我说这事儿包在我身上,我不仅修一条路,还要把大街小巷全硬化了,安上路灯,种上花草,跟城里一样。

父亲喝干一杯酒,脸蛋红扑扑的,一拍桌子,大喊一声,好小子!

福　　婆

我上小学时，每天在福婆门前过。

因为婆媳不和，福婆跟唯一的儿子分着家，一个人孤零零过日子，临街住着两间泥巴垛成的筒子屋。福婆嘴唇厚厚的，爱抽烟，有人看她一根烟抽完了，就忙着敬给她一根。她却把嘴里噙着的香烟吐出来，晃一下说，长着呢。给她敬烟的人一看，果然长着呢，一根香烟几乎被她的嘴唇全包进去了。

福婆在门前栽种了好多鲜花，到了春天，五颜六色，争奇斗艳，好多人来观看。花儿经常被人偷去，福婆也不急，就再补上一盆。

福婆常常坐在门前，一边晒太阳，一边瞅着来来往往的行人。身边放着一个打气筒，路过这里的人车胎瘪了，来充气，一次二分钱，成了福婆的经济来源。

在我们班，小红是个受气包，我们经常拿小红开涮。常常有人故意说抽一根吧，然后捏着嗓子，学着福婆的样子说，长着呢。福婆是小红的奶奶，小红一听就会撅着小嘴冲我们翻白眼。

有一次，我们在路边捡了几枚吃糖果的人丢弃的糖纸，然后找几粒羊屎蛋蛋包进去，充作糖果，抛在福婆门前。福婆的眼神不好，当作是过路人丢的糖果，就小心翼翼地捡起来，放进衣兜里。我们下学了，她满怀欣喜地招呼小红，像是藏着天大的秘密，把糖果掏出来，塞到小红手里。小红打开糖果，发现时羊屎蛋蛋，气咻咻地把"糖果"摔到地上说，你怎么骗我啊。

这时候再看福婆，笑容不见了，指着我们的背影说，一准儿是那几个破小子在耍我。

天冷了，别人都穿上了棉衣服，我没有。我娘死得早，爹顾不上我，我成了没人管的孩子。上学的时候，我穿着爹的破棉衣，露着棉絮，冻得浑身发抖，鼻子流好长。有一天起早上学去，在福婆门前过，福婆喊住我，从屋里拿出来一块土坯，用旧毛巾包一下递给我说，快揣怀里。我下意识地向后退几步，以为她因为糖纸包羊屎蛋蛋的事儿，要报复我。

她笑着说，快揣怀里，热乎着呢，傻孩子。我用手一摸，果然热乎乎的，还有些烫。

我把热土坯揣进怀里，暖流电一样流向全身。福婆拍拍我的脊背说，孩子，以后每天晚上我在炕洞里给你放一块土坯，留着暖身体。

我望着她傻笑，不知道说啥好。

那天早上，我还把热乎乎的土坯放在屁股下，放在手上、脚下，直到土坯慢慢变凉，我们也上完早自习，该回家吃早饭了。放学回家，路过福婆门口，我把土坯还给她，她说，明天早起我还给你留着啊。我冲他点点头，转过身一溜小跑，泪水在眼眶里打转转。

那个冬天，我被一块土坯温暖着，再也没有寒冷。闪过年，天气渐渐暖和起来，那块土坯被我的身体磨得光光的，滑滑的。

班里有个男孩子欺负小红，我帮小红，被那个那孩子打得嘴角流血了。小红拉着我的手，找福婆包扎。福婆找来一块布，又找一撮草木灰敷到我的伤口上，一边给我包扎，一边说，你对小红好，以后让小红给你做媳妇。

小红的脸红彤彤的，低着头偷看我。我的脸也红了，我说奶奶，我再

母亲爱听悄悄话

也不拿糖纸包羊屎蛋蛋骗你了。福婆笑了,我就知道是你小子干的好事。奶奶不生你的气,你们都是奶奶的好孩子。

借　钱

去年这个时候,安三买小猪,钱不够,跑了好几家都不肯借钱给他。刘小麦说,你带上这兜鸡蛋去俺娘家,找俺哥借吧。

安三只好来找大舅哥刘玉米。刘玉米经营着小卖部,手头宽绰。刘玉米见安三来了,打开一瓶酒,和安三喝起来。安三不好意思提借钱的事,只顾埋头喝酒。临走,安三抹一把红红的脸膛说,我想买小猪,钱不凑手。刘玉米转身回屋,拿了五百块钱塞到安三手里说,够不够?安三感激得泪水都下来了,千恩万谢地说,等小猪长大了,我卖了猪就还你。刘玉米说,啥也别说了,谁让你是我妹夫呢。

春节前,安三卖了猪,想买彩电。别人都有彩电了,安三家里还是黑白的,刘小麦天天骂他,骂完了就去邻居家里看电视。买彩电,还是钱不够,安三转了一圈又来找刘玉米。安三这一次带了两瓶酒,说哥啊,我欠你的钱就先不还你了,反正你也不缺钱,我给你打个欠条吧。刘玉米说,打啥欠条,你还能坑我啊?临走,安三喝得醉醺醺地说,我买彩电钱不够,干脆你再借我几百元,一起还你。刘玉米又拿出一沓钱说,你用吧,啥时候有了再还我。

春天，安三买化肥，手里只有二百块钱，又到刘玉米家来借钱。安三心说有个富亲戚就是好。刘玉米正在盘货，见安三来了，就给安三递烟。安三吸一口，开门见山地说，哥啊，我想再借你几百块钱买化肥，秋后卖了棉花一起还你。

刘玉米苦笑笑说，你看，我的小卖部亏本，如今连批发货物的钱也没了。安三说，你是害怕我不还你啊？刘玉米忙说，不是那个意思，我一时半会儿钱不凑手。

安三转身出来，把手里吸了半截的烟摔在地上，踩在脚下。

回到家，刘小麦正在洗衣服。刘小麦说，好借好还再借不难，咱不能光向人家借，不还人家啊。安三气狠狠地说，刘玉米看不起人，这次他不借，我有钱了也不还他。

说着话，安三的妹夫提着一只鸡来了。安三妹夫说孩子有病了，要去县医院，你能不能先借我几百块钱用用，秋后卖了棉花就还你。刘小麦说，孩子看病是大事儿，我们买化肥的二百块钱，你先拿去用吧。安三白了刘小麦一眼说，钱钱钱，哪里还有钱？不是都还你哥了？

妹夫说，你们别吵架，我不借了。说完悻悻地去了。

刘小麦说，人家急着用钱，咱不急，先让人家用用又能咋？

安三说，这借钱有学问啊，借出去就露富了。你有钱，他以后走顺路，还来借。你借给他十次，他感激你十次，第十一次不借给他，就把他得罪了。与其早晚要得罪，不如不借呢。你说是不是这个理儿？

刘小麦低头寻思，也是这个理儿。

天黑的时候，刘玉米来了。安三杵了刘小麦一下说，看吧，你哥来要账了。

刘玉米脸上堆笑，从口袋里掏出几百块钱说，白天钱不凑手，我帮你筹集了几百块钱，你先用着。

安三不知说啥好，拉着刘玉米的手说，刘小麦，赶快给咱哥煮肉炖

粉条。

刘玉米走了,刘小麦把刘玉米留下的几百块钱递到安三手里说,谁都有手头紧的时候,要帮一把的。这钱,你给妹夫送过去,咱买化肥再想别的办法。

安三嗯一声,骑上自行车就出了门。

小 花 伞

元城的秋天爱下雨,淅淅沥沥,像个唠唠叨叨的长舌妇,没完没了。

孩子心里湿透了,仰着小脑袋问他,爸爸,啥时候也给我买一把小花伞?同学们都有,我没有,天天披着塑料布上学。

他心里像被扎了一下。

躺在病床上的妻子安慰孩子说,披着塑料布多好啊,像一只蝴蝶在雨中飞。

孩子跺跺脚,很委屈的样子,哼一声,抓起塑料布冲进雨中。

望着孩子的背影,他给妻子披披被角,低下头抽闷烟。他忽然想起来,刚才给妻子买药路过老秦的小卖部,摆满了花雨伞。他决定去小卖部,给孩子弄回一把雨伞。小卖部的老秦有钱,就当是劫富济贫。

他有些害怕孩子的眼神。他太爱孩子了,想到孩子披着塑料布上学,被同学们讥笑,心里就难受。

在老秦的小卖部,他的手被老秦抓住了,挣不脱。

他很快就被警察带走了。

他说为了孩子。警察说,为了孩子也不能偷啊。如果只是这一次,也没啥,关键是老秦的小卖部刚刚被偷走了5000多块钱。

没有人能证明5000块钱不是他偷的。他被判了一年。

一年360天,仿佛天天都在下雨,他眼前总是闪现着孩子披着塑料布,在雨中飞。

一年后,走出劳教所,也是个下雨的日子。整个世界仿佛都醉了,瘫软着。他恨死老秦了,买了一把刀,发誓要报复老秦。

走过很长的一段路,衣服湿透了,终于到家了。一进门就看到晾衣架上挂着一个湿漉漉的小花伞,他不禁一愣,像被蝎子蜇了一下。孩子正在写作业,看见他,喊一声爸爸回来了,扑进他的怀里。

孩子说,我去喊妈妈回来。说着,拿起小花伞。孩子说,老秦伯伯送过来的小花伞,说是你给我买的,我上学可以打着爸爸买的小花伞了。

他说,爸爸陪你一起去吧。

他抱着孩子,在雨中行走。

妻子走过来,孩子喊,妈妈,爸爸出差回来了。

他纳闷。妻子说你终于回来了。

妻子告诉他,为了不让孩子知道你的事儿,老秦告诉孩子,说你出差了。

他问妻子,你的病?脸色红润的妻子笑笑,你一走,这个家落在我肩上,我的病竟然好起来了。

他眼里充满泪水,跟妻子说,你先回家。

妻子说,你干啥去?

他说,我去找老秦,跟他喝两杯。

孩子喊道,爸爸,快点回来,妈妈给你包饺子。

他疾走的双脚在地上踩出一路水花。

帮　扶

要过年了,省里搞一项活动,每个处级干部帮扶一户贫困家庭。我主动要求帮扶元城县白楼村的王铁锤。

有趣的是我的名字也叫王铁锤。

腊月二十三,我和司机买回一袋子面粉、一桶油,到五百里外的白楼村去看望王铁锤。我没有打招呼,直接到乡里找到初中时的同学王乡长,王乡长又打电话通知白楼村的村长王大葱带我们去王铁锤家。

冬天的乡下遍地枯黄,寒风中的白楼村像个冻得发抖的孩子,处处是苍凉景象。王大葱袖着手站在村口迎接我们,见了面不停的向我介绍王铁锤的情况。王大葱说,王铁锤弟兄五个,金锤、银锤、铁锤、铜锤、木锤。家里穷,老爹看着王铁锤最聪明,不想让他跟坷垃打一辈子交道,省吃俭用供他读书。谁知道他们家祖坟上没长那根蒿,尽管王铁锤学习挺好,可就是没有考上大学。大概是读书读傻了,王铁锤回家干活没力气,只好找了个缺心眼的女人做老婆,生了个女娃。王铁锤也真够倒霉的,去年进城打工弄伤了腿,日子过得恓惶。

说着话,王铁锤的家到了。

眼前一座低矮的土房子像蘑菇一样。鸡在院里觅食,猪躺在墙根晒太阳。王大葱扯着嗓子喊道,王铁锤,省里的王处长来看你了。

一个无精打采的男人眯着眼睛从屋里出来,头上像顶着一蓬草。王大葱用手一指说,这人就是王铁锤。

王铁锤让我们屋里坐,可是进了屋又找不到坐的地方。屋里一股柴草味儿,一堆玉米,一盘土炕,一摞没有来得及刷洗的饭碗,一只鸡不时的试探着进来叼食地上的米粒。我把米面和油放到地上,又拿出三千块钱递给王铁锤。王铁锤的手像被烫了一下,把钱推到我怀里说,俺咋能要你的钱呢。

王大葱从背后拍了他一下说,你小子有福气,处长代表政府给你送温暖呢,还不快点谢谢处长?王铁锤憨憨笑着,厚厚的嘴唇翕动几下,说了一连串的谢谢。

一个蓬头垢面的女人拉着一个女娃回来了,王大葱介绍说,这就是王铁锤的女人和孩子。我把女娃拉到一边,问她,你叫啥名字?孩子看我一下,忙吧目光躲开,喏嚅着说,俺叫王红燕。我又问,你想到城里上学吗?孩子看看父母,低头不说话。我跟王铁锤说,咱们两家结成亲戚,你的孩子就是我的孩子。过了年,我把红燕接到省城读书,学费由我来出。

俺该咋感谢您呢?王铁锤转了一个圈说,恩人啊,恩人啊,俺闺女命好,有贵人相助。王铁锤按着红燕的脖子说,快给恩人磕头。

我眼睛一酸,忙把孩子抱在怀里。

临走,王铁锤让女人抱出一包东西说,也没啥好东西送你,自家树上结的枣,您尝尝。我不要,说城里啥也不缺。女人迟疑了一下,王铁锤一边骂女人,一边跑过去背上那包东西来撵我。

车过元城县城,我让司机绕个弯,顺便看望我的父母。听说我提了处长,父母挺高兴,说难得来一次,去你舅舅家看看吧。别忘了你舅舅的恩,如果不是你舅舅,你咋会有今天?

当年高考,我的分数低,亏得我舅舅是文教局副局长,让我顶替了考生王铁锤的分数,我的名字也改成了王铁锤。

我说年终了,单位事儿多,以后有的是机会。

我顾不上吃饭就急着回省城,父母朝我挥手说,别忘了你舅舅。

第四辑

窗台上的小花

晴　　晴

　　学校附近有个两元店,晴晴手里捏着两元钱,没舍得买玩具,也没舍得买巧克力,而是买了一个储钱罐。

　　储钱罐外形是个涂满金色的小猪,胖胖的,眯着眼睛,憨态可掬。晴晴把小胖猪抱回家,放在自己的小床上,把一枚枚硬币投进去。这些硬币,有的是爸爸妈妈给的零花钱,还有的是奶奶给的压岁钱,晴晴一直积攒着。

　　晴晴晃一晃小胖猪,哗哗响,晴晴笑得露出了豁豁的牙齿。

　　晴晴有一个小秘密,等她把小胖猪装满了,取出来,给妈妈买一条花头巾。同学们的妈妈都有花头巾,唯独晴晴的妈妈没有。那天开家长会,妈妈去了,冻得脸蛋儿红红的,惹得大家都笑她。

　　爸爸和妈妈在大街上做小生意,夏天卖凉皮,冬天卖烤红薯。他们租了一间小房子,到了晚上,一家人挤在小房子里。总是妈妈先回来,给晴晴做饭,然后陪晴晴做作业。爸爸要到很晚才回家。

　　晴晴的成绩很好,在班里一直排在前三名。有一次考试,挨着大炮。大炮的爸爸是老板,大炮的书包里总是鼓鼓的,装着吃不完的零食,有钙奶,有爆米花,还有花花绿绿的巧克力。晴晴书包里只有妈妈做的黄米面饼子。大炮抄了晴晴的作业,要感谢晴晴,给了晴晴一瓶娃哈哈。晴

晴不要,说有黄饼子。大炮没吃过黄饼子,跟晴晴说,让我吃一点儿行吗?晴晴说咋不行?说着,掰了一块给大炮。

大炮说,你的黄饼子真好吃,我拿我的小龙人换你的黄饼子吧。

晴晴摇摇头,拿出一个黄饼子送给大炮说,想吃你就拿去。

大炮说,那不行,我不能白吃你的,你不要我的东西,我就不吃了。

晴晴说,我真的不要你的东西。

大炮打开自己的书包说,我有好多玩具,你挑一个吧。

大炮书包里有好几个漂亮的铅笔盒,晴晴乐坏了,就挑了一个铅笔盒。

放学的时候,晴晴抱着铅笔盒向家走。街上有一群人在围观,晴晴挤进去,竟是爸爸和妈妈。一个穿着制服的城管把爸爸的烤红薯扔了满地,另一个城管揪着爸爸的胸口说,不交罚款就别想走。妈妈给城管说好话,城管不依不饶地说,不罚你三千元,你死不悔改。

晴晴想哭,却很快就镇静住了,她转身向家跑。

晴晴从人群的缝隙中钻进去,走到城管身边,妈妈惊呆了,大喊一声晴晴。

晴晴抱着小胖猪跟城管说,叔叔,把爸爸放了吧,我把我的钱都给你。晴晴毫不犹豫地举起了小胖猪,把小胖猪摔在马路牙子上。随着小胖猪的一声呻吟,硬币像花一样在马路上盛开,有几枚滚动着,倒在城管的脚下。

我的孩子!妈妈抱紧了晴晴。

城管惊呆了,不敢去看晴晴的眼睛。

晴晴一动不动,歪着小脑袋,盯着城管,泪水像两条小虫子,在脸颊上爬动。

窗台上的小花

男人和女人大学毕业以后,一起来到沙漠深处的石油勘探点。这里风大,沙子像魔鬼一样狂舞。高寒和干旱,方圆几十里没有一棵草,要走很远才能见到稀稀疏疏的蓬蒿。勘探点远离城市,去一次最近的村庄要走一天。好在有运送生活供给的车,一周来给他们送一次生活用品。

刚开始来的时候,一切都是新奇的。时间长了,才感觉到寂寞和枯燥,仿佛心里堵满了枯草。一起来的同学,大多通过关系离开了这个鬼地方,最后只剩下男人和女人,还有七八个没有门路的同事。女人的精神几乎崩溃了,男人就带他跑几十里,到远处去看蓬蒿。

沙漠里的一丝绿,让她的情绪逐渐稳定下来。

除了看蓬蒿,男人和女人把站点的墙壁全涂成了绿色,显得生机勃勃。

男人和女人结婚了。有了孩子,给孩子取名叫壮草,希望能在沙漠里面扎根。

男人托人捎了一些草籽,撒在院子里。怎奈这里连水也没有,天气奇冷,草籽来不及发芽,不是被沙子覆盖,就是被冻死。男人不死心,把草籽种进窗台上的一个花盆里,用洗菜的水浇。过几天再去看,草籽发芽了,绿色的叶片让男人和女人欣喜若狂。屋子里充满活力,同事们有

时候也挤到他们家里来看这棵不知名的小草。

孩子已经五岁了,还没有离开过这里。两个人去上班,把孩子丢在家里,孩子有次跑到外面去找他们,险些迷路。男人委托供给车给捎来一台电视机,安装了卫星天线,到晚上,打开电视就是一个花花绿绿的新奇世界,有小猴子、大熊猫……乐得孩子跳了起来。

荧屏画面上出现一排排高大挺拔的树。孩子仰着小脑袋问爸爸,城里的草怎么那么高啊?男人愣一下,告诉孩子,那不是草,那是大树。大树很高很高,绿油油的。

孩子说,咱们这里为什么没有大树啊?

男人说,咱们这里风沙大,气候寒冷,草都不愿生长。城里不仅有大树,还有公园,公园里有小猴子,跟电视上一样。

孩子说,爸爸,你带我去城里看大树吧。

男人说,等我有时间了,带你去城里看大树

过了几天,孩子又问男人,爸爸,你什么时候带我去看大树啊?

男人愣一下说,快了,我抽出时间一定带你去看大树。孩子的小嘴噘得高高地说,你骗人,总说看大树,就是不去。你坏!

说着,孩子的小拳头像雨点一样落在男人的脊背上。

男人说,等窗台上的花开了,咱们就去。

真的吗?孩子笑了。

真的。他又一次骗了孩子。窗台上的那棵草,永远不会开花的。一次次面对孩子渴望的神色,男人和女人很内疚。

下班回家后,看到孩子趴在窗台上,望着那棵草说,爸爸,怎么还不开花啊?

快了,快了。他一次次骗孩子。

有一次回家,一开门,孩子撞进他的怀里说,爸爸快看,开花了!

他的目光向窗台上望去,青青的小草上果然有一朵鲜艳的花朵。他感觉很奇怪,走过去,原来是他出席表彰会时,胸前佩戴的那朵小红花,被孩子挂在了草尖上。

男人和女人抱紧了孩子。

那天晚上,女人失眠了。女人跟男人说,咱们不能把孩子耽搁了,过些天把孩子送到城里上学吧。

女 黑 头

元城东大街的罗婆婆,大个子大脚板,长得黑黑的,天不怕、地不怕,和男人一样的性格,说起话来赛铜锣,吼一嗓子像撕帛。罗婆婆是唱戏的,扮包公,一个亮相,台下欢声雷动,是元城十里八乡有名气的女黑头。

后来草台子戏班不景气,解散了。罗婆婆一闲下来就觉着嗓子发痒,总爱唱几嗓子。一伙人聚在关帝庙前的大槐树下,就有人说来一段,来一段。罗婆婆笑笑说,来一段就来一段。可是一唱起来就刹不住闸了,唱完《打銮驾》唱《铡赵王》,还要唱《打龙袍》,一段又一段,人们听得忘记了吃饭,啧啧地说,得劲,得劲。

东大街的丁大头倚仗着和副县长是连襟,小舅子又在公安局工作,硬是霸占了居委会临街的一个院落,开办了一家腐竹厂,两年不交租金,居委会拿他没办法。丁大头还雇用了十几个川妹子,到了年底也不给人家发工钱,却躲起来了。十几个川妹子回不了家,坐在腐竹厂门口哭鼻

子。罗婆婆把这十几个川妹子领到家里管吃管喝，还带着她们去县政府讨工钱。丁大头听说了，气势汹汹地来找罗婆婆，说你少管老子的闲事。罗婆婆双手叉着腰说，这闲事我是管定了，我一个老婆子可不怕你，豁出去了，大不了和你拼了。你再有权有势，摊上人命官司也洗不清，你信不信？

丁大头吸吸鼻子，灰溜溜地走了。罗婆婆望着他的背影说，包公三口铡，先取狗头铡铡了你这龟孙。

罗婆婆的儿子挺有出息，大学毕业分在市里工作，是管建筑的一个科长。儿子要接她到市里去享清福，罗婆婆说在家和大伙儿一起图个乐呵，哪里都不想去。

忽然有一天，儿子半夜里神色慌张地跑回家来，留下一沓子钱说，娘啊，你留着慢慢花吧，我要出趟远门，过一段时间才能回来。罗婆婆心里咯噔一下说，是不是出事了？

儿子点点头。

你想怎么处理？罗婆婆问儿子。

儿子说逃，已经安排好了。

罗婆婆朝着儿子脸上打一巴掌，说我还指望着你养老送终呢，儿子你咋就这么傻呢。罗婆婆颤抖着，披上衣服，趿拉着鞋，拉上儿子就向外走。一边走一边说，孩子，你是国家的罪人啊，躲过了初一，躲不过十五啊，咱坦白自首，争取个宽大处理吧。

儿子被判了八年。罗婆婆变得寡言少语了。

罗婆婆家的东邻原来是供销社仓库，如今改成了元城大酒店，一到晚上流光溢彩，霓虹闪烁，门前停一溜高级轿车，酒香袅袅，轻歌曼舞，划拳声、歌舞声经常闹腾到很晚。闹腾得罗婆婆夜里睡不着，就上到自家的屋顶上，望着元城大酒店的灯火，放开嗓门先唱一段戏，然后高喝一声张龙赵虎王朝马汉，开铡——

声若洪钟,在夜里传出很远很远,惊得食客们鸦雀无声。酒店老板忙不迭地赔笑说,又是那个唱戏的疯婆子,女黑头,别理她,大家尽管喝。

新来一个县长,在元城大酒店喝得醉醺醺的,听到有人夜里不睡觉,在房顶上唱戏,觉着好奇,就出来看稀罕,正好赶上罗婆婆高喊开铡,吓得县长头皮子发紧,酒醒了大半,再也不来这里喝酒了。

麻 红 脸

大平调属北方梆子戏,大锣大钹铿铿锵锵,演员赤着胳膊,在舞台上虎步流星,上蹿下跳,拙朴、原始而慷慨激昂。常常是演员极度夸大的动作,伴着激烈的锣鼓声一起骤然停止,继而笙乐琴韵渐起,便会有一段奔放的唱腔,看着舒服,听起来过瘾。

以前在农村没有电灯照明,舞台前方挂一块棉絮,浸油,点燃了,火苗子被风吹得东倒西歪,还不时地有人举擎着盛了油的盆子去加油。没有电,全凭演员的一副好嗓子,不仅吐字清晰,还要声音洪亮。

麻红脸就有一副好嗓子。

麻红脸在舞台上一亮相,不由得你不鼓掌。那韵律水一样从他的嘴唇之间流淌出来,高亢中夹杂着缠绵,细密中掺杂着爆裂,飞珠溅玉,婉转而流畅。在元城民间,便有"看麻红脸一场戏,三个月不生气"之说。

麻红脸是艺名,真名很少有人知晓。麻红脸五岁的时候害过天花,

落下满脸大麻子，坑坑洼洼，像是被鸡叨过的西瓜皮。按说，这副长相跟演员无缘了。11岁那年，他挎着竹篮子在戏园子里卖焦烧饼，喊一嗓子"烧饼——焦哩！"声如裂帛，嘹亮得赛过了舞台上唱得正酣的须生。

须生是剧团的团长，来不及卸妆就下台，在人群中寻找麻红脸。团长把麻红脸领到后台说，你跟着我学唱戏吧，有你的吃喝。

麻红脸的爹娘死活不同意。团长跟麻红脸说，你每天的烧饼，我全买了，你就跟着我学唱戏。

真是天生一副好嗓子！而且记忆力惊人。几天下来，麻红脸学会了七八段，爹娘也不再拦着了。团长正式收麻红脸为徒。

麻红脸肯吃苦，唱腔行云流水，表演洒脱自然，扮红脸堪称一绝。因为一脸大麻子，也就有了"麻红脸"的艺名。尤其是演赵匡胤，《斩黄袍》、《哭头》是他的拿手戏，红遍了冀南豫北。

风雨几十年，大人孩子，哪个不晓麻红脸？

我认识麻红脸的时候，他已经40多岁了。我们镇上搞活动，要我联系麻红脸的戏来助兴。正好有几个村子过庙会，为争抢麻红脸闹得面红耳赤，不仅从价钱上相互排挤，像竞拍一样出高价，而且发生了械斗。后来麻红脸亲自出面调和，按抓阄顺序排着来，一个台口唱三天，这场争持才算平息。

根据抓阄结果，我和麻红脸达成协议，先在我们镇上演出，然后再去张庄和吴庄。我带车去接麻红脸的时候，遇到了大麻烦。

麻红脸的嗓子哑了。会不会是倒嗓？演员一旦倒嗓就意味着戏曲生涯的终结。麻红脸让我带着他去了县医院。医生检查一番，又让去市医院。我感觉不妙，麻红脸的家人也害怕了，正好我有个朋友在市医院，就和他们一起去了市里。

检查过了，不是倒嗓，比倒嗓还要厉害，是喉癌。

我们悄悄商量给他办理入院手续的时候，尽管声音很小，还是让麻红脸听到了。他说,你们也不要瞒着我,大不了一死,没有什么可怕的。可是我现在还不能住院,要尽快找个医生恢复嗓子,把这几场戏演下来,大家还等着看我的戏呢。

我的眼里盈满了泪,他的家人也呜呜咽咽,麻红脸倒是安慰起我们来了。

我们找到了元城名医殷大夫。殷大夫说,倒是有个方子能暂时恢复嗓子,不过全是激素,不能长期吃,维持三五天可以,否则就错过了最佳治疗时期。

靠着这几付中药,麻红脸硬是坚持了十多天,把达成协议的几个台口演出一遍。台下热烈鼓掌,台上唱得酣畅,我们在后台悄悄流泪。

最后一场演出,麻红脸卸了妆说,好了,现在好了,总算没有遗憾了,明天去医院吧。

青　衣

满月不仅人长得秀气,而且学啥像啥。爹娘看她是做演员的好坯子,5岁那年就把满月送进戏曲学校学青衣。几年下来,唱念做打,出类拔萃。

毕业那一年,学校组织她到元城县坠子剧团实习。满月早就听说有个演青衣的名角,她也看过青衣的戏,表演出神入化。

满月找到青衣,递上一张名片说,请您多指导。

青衣慢条斯理地抬起头,丹凤眼瞟瞟满月,讪笑着说,我不识字。

满月的脸一红,心说,架子还不小。

过几天,满月才知道青衣真是个土老帽,没上过一天学。青衣小时候在元城火车站捡煤核,被人卖到剧团学唱戏。生活中的她有些木讷,笨拙得像个粗手大脚的村妇,一站在舞台上却是快言快语,动作活泼,跟台下判若两人。满月就有些看不起青衣了,什么三五步行遍天下,六七人百万雄兵,什么走路一条线,身姿像只燕,这些理论满月背诵得滚瓜烂熟。满月疑惑的是,尽管自己扮相俊美秀气,声音圆润,字正腔圆,可就是不叫座。特别是自己的水袖功堪为一绝,掌声依然稀稀拉拉。而青衣一出场就有碰头彩,台下喝彩声此起彼伏,观众把手掌都拍疼了。演《抬花轿》,青衣扮周凤莲,声音舒缓,字巧韵乖,嬉笑如风铃;还有一次演《秦雪梅》,喊一声商公子,则是情切切泪水盈腮,悲戚戚天崩地裂。满月自我感觉很好,发挥到了极致,可观众坐在台下像是木雕,一点反应也没有。

满月苦苦思考,得出来一个答案,那就是青衣的名气创出来了。现在不是流行包装吗?也就是说青衣得到了观众的认可。满月就感觉凭着自己的水平和文化底蕴,过一段时间绝对能超过青衣。

这样一来,满月钦佩青衣的演技,却对生活中的青衣不屑一顾。

有一次正在练功房练功,排演一部新戏,有人急匆匆进来喊青衣,快去看看吧,你孩子在学校门口被车撞了。

青衣来不及卸妆,疯了一样跑出练功房。

团长说,走,我们看看去。团长一边走一边说青衣真是苦命。青衣和丈夫离婚了,为了孩子没有另嫁,这几年拼命挣钱供孩子上学,把希望全放在孩子身上了。

大家来到医院,青衣哭得死去活来,孩子已经被送进了太平间。

大家把青衣搀回家。两天过去了,青衣一直哭,不吃也不喝,谁劝也不听,从早到晚,只顾撕心裂肺地哭。两天过去,声音沙哑了,哭声依然底气十足。

团长叹一口气,说青衣可怜啊,小时候练功,没少挨打,头顶上留下一块一块的疤。

医生说,青衣受的刺激太大了,可能是精神分裂症,看起来要疗养一段时间,不能唱戏了。团长抓住医生的手说,剧团不能没有她。医生摇摇头说,我已经付出最大的努力了。

团长怔了一阵说,把乐队给我喊过来。

一会儿,拉二胡的、打鼓的一帮子人都来了,莫名其妙地看着团长。满月也觉着好奇,团长是不是也疯了,乐队能治病?

团长挥手叫板,锣鼓铿锵,一个响亮的过门。只见青衣止了哭声,缓缓站起来,随着锣鼓一溜碎步。鼓乐戛然而止,青衣做了一个甩水袖的姿势,昂首挺胸,素面朝天,目光如炬。

一阵掌声。团长眼里扑簌簌落泪。

满月心头一震,扑跪在青衣膝下,扯着嗓子大喊一声师父。

武 生

武生父母都是唱坠剧的民间艺人,武生是在草台子戏班里长大的。戏班由几十个人临时组成,也叫"碰班",不固定,大家凑在一起,自愿

结合。

武生五岁开始练功,天不亮就到野外翻跟头、劈叉、吊嗓子。有一次撞在树上,肩膀被树枝子划伤,同伴被吓哭了,他却咬着牙,没流一滴泪。自己去村里卫生所缝了八九针,留下一道长长的疤痕。

年龄稍大,开始学习文化课。识字多了,武生喜欢看书,大多是《十大元帅》、《淮海战役》、《孙子兵法》等书。后来到了剧团,没有他的戏,就捧着一本书在后台看得入迷。该他上场了才丢下书本,慌慌张张跑到前台,依然把角色演得投入,赢得台下阵阵喝彩。

17岁那一年,武生怀里像是添了一团火,想参军。武生去体检的时候兴高采烈,回来时,垂头丧气。他两天没吃饭,诅咒肩上那块疤痕。

武生要求演武生戏,苦苦练功。他一口气能做三百个鹞子翻,从高处翻下来还能来一个三百六十度的旋转。武生成了台柱子,一亮相,台下掌声如潮,齐声叫好。

武生喜欢演将军戏,扮薛平贵、杨宗保。尤其演关公,喊一声众三军,锣鼓齐鸣,犹如眼前千军万马。武生抖动青龙刀,背上靠旗飘扬,只见他微闭双目,手捋长髯,加上一米八的身材,越发威风凛凛,英气逼人。武生演唱声音嘹亮,舒缓张弛,圆润自然,观众在台下看得如痴如醉,一连多日还啧啧赞叹,甚至模仿他唱一嗓子。就连鼓师、琴师也说,伺候武生,舒服、提神,简直是一种享受。

武生有了绰号:将军。

自卫反击战那年的一天晚上,在元城某村唱戏。轮不到武生出场,就在后台看一张地图,手指在广西那地方画来画去。忽然听得台下骚动,忙跑去看,原来是地痞调戏一个姑娘,被姑娘撑着骂,那地痞喊来几个同伙要打姑娘。武生拨开人群,问了缘由,把姑娘拢在身后。地痞是当地大户人家,失了面子,集合一帮人围着剧团闹事。武生说一人做事一人当,要出去理论,被团长一把拦住。幸亏地方上的头面人物出面调解,剧

第四辑 窗台上的小花

团多演了一场戏才作罢。

姑娘成了武生的妻子。剧团里唱旦的标致女演员多得是,都仰慕武生,每天给武生放电,武生却找了一个不会唱戏的妞。这事儿,令人费解,谁也想不透。

海湾战争打得热闹的那年春天,武生坐在后台箱子上,正拿一张世界地图看得入迷,一伙人嚷嚷着,要推举武生做团长。武生也不谦让,站起来,大手一挥,请大家喝酒。剧团唱的是坠剧,属稀有剧种,武生去了省城,回来又找元城的领导,把剧团演员固定下来,成为县里的正规剧团。

武生带着剧团长年累月奔走在乡村,唱红了冀南豫北。这几年,武生血压高,演出少了,决定退出舞台。今年春天在元城剧场举行从艺六十年演出,也是他最后一场演出,为自己的艺术生涯画上句号。

武生的精神特别好,化妆的时候悄悄拔掉鬓角的几根白发。

离开演还早,舞台下已是黑压压的人群。剧场门外的车辆排起了长队。一伙子观众到后台来要和武生合影,说是走了几百里,带着干粮来看武生的演出。

武生心里一热。

有个折子戏,因为难度大,考虑到武生的年龄,血压也高,弟子们争抢着要为他做替身。武生却执意自己演。武生说,台下那么多人,我不出场对不起观众。

武生一出场,台下掌声久久不息。武生连着几个鹞子翻,精彩!最后翻到桌子上,要凌空翻下。后台演员们的心提到了嗓子眼,台下观众也都屏住了呼吸。

翻下来,噗一声落地。鼓师感觉异常,手里的鼓槌定了格。台上台下一阵静寂。

再看武生,两条红艳艳的小虫子从他的鼻孔里爬出来。

武生没有子女,弟子们把他安葬在元城东门外的卫河沿上。出殡那

一天，十里八乡的观众送来一通墓碑。墓碑很怪，上面只有"将军墓"三个字。

跑 龙 套

侯三，元城人，父母都是县剧团的台柱子，在元城方圆百里赫赫有名。一听说侯三父母的剧团来演出了，十里八乡欢声雷动，比过年还要热闹。

侯三父母最大的心病就是没有把唱戏的基因遗传给侯三。侯三不仅嗓子沙哑，任父母如何调治也没能矫正过来。更关键的是身上不带戏，身段笨拙，还经常忘记戏词。父母长叹一口气，说这孩子根本就不是唱戏的料。

这该怎么办啊，侯三自小跟父母在剧团泡大，让他干别的营生也做不来。做职员，敲锣打鼓吹笛子，一坐几个小时，连撒尿的时间也没有，他顶不住。做剧务，丢三落四，忘东忘西，就只好跑龙套。跑龙套跟在别人后面，有现成的步法，踩着锣鼓走，走熟了，还挺适合侯三。跑龙套没台词，最多是主角喊一声"众三军"，他就答应一声"有"；或者扮个王朝马汉，跟在包公身后呼应几句。

侯三父母收了十多个徒弟，其中一个女弟子叫玉鲜，原是一个小乞丐，被侯三父母收留。十八岁的玉鲜长得如荷似莲，活生生唱戏的坯子。

演旦角,千娇百媚,眼神顾盼迷离,双眸含情脉脉。扮崔莺莺,迈动莲步,翘起兰花指,张郎啊,你个小冤家——,悲戚戚一声清脆婉转的道白,台下掌声赛雨点;扮秦香莲,唱一句"三江水洗不尽我满腹冤枉",观众无不眼睛发潮,大骂陈世美。

这玉鲜一是感恩,二是想讨得侯三父母疼爱,要嫁给侯三。侯三父母不答应,说侯三哪里能配得上你这样好的孩子啊。玉鲜一听,跪地不起。侯三父母搀起玉鲜说,没想到侯三还有如此艳福。便极力传授,玉鲜也静心苦练。三年后,玉鲜才艺双绝,尤其水袖功,炉火纯青,终成名伶。

演《铡美案》,侯三师兄刘一彩扮包公,玉鲜扮皇姑,侯三只能扮个张龙或者赵虎。包公声如洪钟,撼震四野,大喝一声张龙赵虎,侯三便双手打拱,应一声:在。

仅仅一个台词。

戏是野台子戏,一年四季走街串巷。这年夏天,在刘庄出了点事。

有个晚上,开戏前是垫戏,先演一个小段儿。侯三正在后台化妆,就听得舞台外面一阵吵闹声,侯三心说可能是遇上地方上的青皮们打群架了。一会儿扭着两个人进来,说有戏子在棒子地里偷情被当地人抓住了。侯三一看,竟然是刘一彩和玉鲜,顿觉脑子里血浆泉涌,手中画笔陡然落地。

在戏班里,名角多为情种,这样的事情并不鲜见。可是侯三觉着老婆偷汉子,没脸见人,跳到了另外一个戏班,说啥也不和刘一彩同台演出。玉鲜哭啼啼找到侯三,侯三看玉鲜一眼转身就走。

侯三还是跑龙套,还是演《铡美案》。包公一声吆喝,扮赵虎的侯三答应一声:"有!"

只一个字,气冲霄汉赛霹雳,台下不由得齐声叫好:爽!那声音压过了包公,倒显得原本粗犷豪放、极有爆发力的包公有些娘娘腔了。

元城人爱看《铡美案》,有的人是冲着侯三这一个字的台词去的,你说怪不怪!

后来戏曲不景气,戏班解散。侯三到田里锄地,时不时地大喊一声:"有!"

把邻居吓一跳。

醉 花 脸

刘翠娥是元城莲花巷人,五岁丧父,母亲改嫁,跟着奶奶过日子。从山东去邯郸拉煤的汽车从元城路过,川流不息,刘翠娥和一群小孩子挎着柳条筐,到东门外的官道上捡煤核。刘翠娥不仅仅是在官道上捡煤,还手里拿一个棍子,向路边拉煤的汽车上杵一下,就会落下一大堆煤块儿。

刘翠娥11岁那一年,奶奶死了。亏得有个本家叔叔是唱戏的,在一个草台子戏班做班主,人称刘掌班。刘掌班把刘翠娥带到了豫北大平调剧团。刘翠娥脸上黑兮兮的,说话声音粗犷沙哑,像个男孩子,唱青衣,演花旦,都不适合,倒是能反串花脸。刘翠娥自小吃苦惯了,学戏很用心,一年下来,鹞子翻、倒折跟头,唱念坐打出神入化。年龄稍大,声音越发浑厚,犹如风吹松涛,又像初夏惊雷,舒缓顿挫,悠扬奔放。刘翠娥扮司马毛,随着乐团大钹嘭嚓嚓、嘭嚓嚓的声响,只见她左扭右晃,大步流星走上舞台。唱一句"肩挑人头大街卖",观众齐声喝彩;再唱到"头一状我先告张氏玉皇",台下欢声雷动。

刘翠娥成了名角,台柱子,后来跟一个唱小生的结了婚。过几年,刘翠娥生下一男一女俩孩子,都夸刘翠娥命好。谁知道命运叵测,丈夫嫌弃刘翠娥太野性,没有娇滴滴的女人味儿,跟剧团里一个演旦角儿的女孩子日久生情,俩人私奔了。刘翠娥抱着俩孩子心如刀绞,竟染上了喝酒的毛病。喝得微醉,一出场,双脚跺得舞台发颤,吼几嗓子更加嘹亮,人称醉花脸。

这一年,戏班请崔派名伶一枝梅来剧团联袂演出。这一枝梅名气大,享誉冀南豫北。别看上了年纪,一个动作,一个眼神,依然是悲戚戚顾盼迷离,情切切动人心弦,人称"老戏子种"。下午三点的戏,一大早就有人扛着板凳来等着看戏。

中午刘翠娥喝多了,醉得像一摊烂泥。刘掌班叹道,指望着刘翠娥演包公呢,看来是指望不上了。

刘掌班的话刚落音,就听得鼾声戛然而止。刘翠娥打个哈欠说,谁说我演不了呢!

说话间,刘翠娥摇摇晃晃站起来。刘掌班说,瞧你这副样子,能行?

刘翠娥说,我啥时候误过场?

一阵紧锣密鼓,戏开场了。那一枝梅果然不凡,把个秦香莲演得如泣如诉,台下观众都跟着抹眼擦泪。刘翠娥配合得也好,珠联璧合,亦步亦趋,台上台下都进入状态了。

秦香莲跟包公有一段哭诉,述说自己的悲惨经历。秦香莲哭诉完了,陈世美挥剑欲砍秦香莲和两个哭得泪眼巴巴的孩子。这时,只见扮演包公的刘翠娥怒目圆睁,大喊一声,张龙赵虎,把这狗娘养的陈世美给我扒皮点灯!

霎时,扮演张龙赵虎的俩人你看我,我看你,愣住了。乐团也忘了敲锣打鼓,不知咋救场。

只见泪眼婆娑的刘翠娥摔了乌纱帽,挽挽滚龙袍,大叫一声打死你个没良心的,挥拳把陈世美打得落花流水。

台上乱了套,台下一窝蜂,也跟着刘翠娥一起喊:打死他!打死他!

陈世美被打伤了,送到医院里,刘翠娥赔偿医疗费8000多元。很多观众听说了,竟然给刘翠娥捐款。

事后有人分析,说是都怪那一枝梅演得太投入了,也有的说都怪刘翠娥喝酒太多。

这事儿上了第二天的《元城晚报》,被传为笑谈。

名丑瘦三

瘦三是元城县坠子剧团的名丑。

瘦三不仅模样长得瘦,骨头架上贴着一张皮,小鼻子、小眼睛,而且一举一动比猴子还猴儿。瘦三自小丧父,寡母拉扯他长大,所以瘦三是个孝子。尽管别人看不起他们母子,瘦三却争气,10岁那年就背上父亲留下的竹筐,在元城大街上卖焦烧饼。那时候,经常有草台子戏班来元城演出,瘦三常常背着竹筐到戏台子底下,喊一声焦烧饼,带芝麻的焦烧饼,然后,踮着脚、伸着脖子看戏。特别是丑角一出场,他蹦着、跳着鼓掌叫好,烧饼被人偷去了也顾不上打理。

看得多了,瘦三也模仿舞台上的丑角来几个动作,捏着嗓子唱几句,惟妙惟肖,颇有神韵。围观的人一边鼓掌,一边说他学得像。瘦三,你干脆别卖焦烧饼了,去学唱戏吧。

瘦三还真的丢下烧饼筐子,去后台找到正在卸妆的丑角演员说,我想跟着您学唱戏。

丑角演员打量着尖嘴猴腮的瘦三说，去你的吧，小孩子别闹。

瘦三说，谁闹了？我是想跟您学唱戏。说完，跪在地上说，你不收我做徒弟，我就不起来。

这时候就有人围上来跟丑角演员说，这孩子想跟着您学，你就收下嘛。丑角演员笑笑，干咱们这一行靠的是七分天赋三分苦，这孩子面部木讷，我看不是这块料。

话未说完，瘦三学了一个时迁的动作。只见瘦三跟刚才判若两人，眨眼、吐舌、耸肩，猥琐透着机智，把个丑角演员看得目瞪口呆，倒吸一口凉气。这个动作是自己刚才在舞台上表演过的，想不到眼前这个瘦巴巴的孩子学得如此的神似！

瘦三又咿咿呀呀唱起来。念白吐字清晰，唱词字乖韵巧，一招一式让人忍俊不禁。丑角演员当下就收瘦三为徒。

几年后，瘦三的演技已是炉火纯青。在戏曲中，虽说丑角是个陪衬，大多观众却是冲着瘦三去的。观众说，瘦三插科打诨，丑而不俗。他的几个角色就像花生米，虽小，越嚼越有味道。

省电视台有个戏曲栏目，搞比赛，金奖一万元。瘦三参加角逐，一路夺关斩将，到最后，和邻县一个叫吴子清的名角竞争金奖。

吴子清唱的是红脸，颇有实力。晚上，吴子清请瘦三喝酒。脸红耳热之际，吴子清说，老弟，你把金奖让给我，一万元归你，我图虚名，你得实惠，如何？

瘦三不语。吴子清说，比赛，必有一伤，假如我胜出，你啥也得不到。

瘦三端起酒杯一饮而尽说，咱们梨园有句行话，戏比天大。说完起身告辞。

吴子清一声冷笑。转身埋单，服务员说，刚才那个瘦子已经付过钱了。

吴子清吃了一惊。

母亲爱听悄悄话

第二天比赛,瘦三落选。吴子清冲瘦三笑笑,瘦三拱手,也笑笑,转身而去。

去年在元城北关演出,瘦三正在化妆,有人来喊他说,瘦三快去看看吧,你娘不行了。瘦三拔腿就向家跑。

这一下剧团乱套了。演出马上要开始,团长只得安排别人顶替瘦三。可是很多人都是冲着瘦三来的啊。团长上台,正在向观众道歉,瘦三出现在舞台上。台下鼓起掌来了。

那一次演的是《单公子投亲》,瘦三把个傻公子单能演绎得神形兼备,天上人间,台下看得如醉如痴,嬉笑连天,喝彩声此起彼伏。

演出结束,瘦三来不及卸妆就跌跌撞撞地向家跑。远远看见家门口挂出的纸幡,瘦三顿觉天崩地裂,扑到母亲灵前,哭得撕心裂肺。

第三天送葬,瘦三披麻戴孝,被人架着走出巷子。抬头一看,泪眼中映入黑压压的人群,数千朵小白花被数千百只手臂举擎着,就像一片白云。

据说,瘦三娘的葬礼,是元城最隆重的葬礼。

小 生 杨 谦

杨谦长得清秀俊朗,高高瘦瘦,像一棵挺拔的向日葵。杨谦演的是小生,也就是扮演年轻的公子哥,比如《崔莺莺》里的张生,《白蛇传》里的许仙。他的演艺叫绝,文武兼备,在生角这个行当拿得起放得下,如鱼得水,是剧团里的台柱子。

杨谦的师妹小翠聪灵乖巧,娉娉婷婷,唱旦儿角,是个人见人爱的美人坯子。俩人一起学戏,又到一个剧团,按说该有一点暧昧的事情发生,但两人之间顺风顺水,仅仅是师兄妹。小翠嫁给了剧团唱武生的大梁。

看戏看旦儿,吃饺子吃馅儿,小翠是剧团的红人。

杨谦爱开玩笑,常常和小翠闹。杨谦说,假如咱们做两口子,生的孩子一出娘胎就会唱戏,你信不信?又说自己和小翠是天生一对儿地配的一双。小翠就说,去去去,没羞!你这脸皮厚得像城墙,谁家女孩子嫁你?杨谦笑笑,人生如戏啊人生如戏。

剧团排演新戏《武松杀嫂》,自然是杨谦扮演武松,小翠扮演潘金莲。戏中有一场西门庆调戏潘金莲,搂搂抱抱的床上戏。好几个生角都暗里较劲,生不能和小翠做夫妻,能在舞台上演绎一把也是幸福的。团长看出端倪,临时决定要杨谦扮演西门庆。

杨谦扮西门庆非常投入,把个西门庆的纨绔形象演绎得惟妙惟肖,色得无耻,淫得入骨,让人恨得牙根疼。

有一次在元城北街演出,演完了人们还不走,几个老太太说,揪出这对狗男女,打个稀巴烂!偏巧是吃派饭,也就是把演员分别安排到群众家里吃住。杨谦到一户人家去吃饭,那家的老太太已经做好了面条,放在饭桌上,一看来人是杨谦,就把面条倒给狗,咬牙切齿说,喂了狗也不让你这淫贼吃。

没得吃还不算,晚上睡觉,谁家也不留,说这小子太坏,专打大闺女小媳妇的主意,不是好鸟。夜深了,杨谦还在大街上晃荡。管事儿的只好把他领到牲口棚,说,你和喂牲口的老汉在这里凑合一晚上吧。

扮演西门庆,杨谦出了名。只是下了舞台,他不再和小翠开玩笑。别人和小翠说说笑笑,他却沉默着。有时候他和别人开玩笑,却从不和小翠闹着玩,甚至笑脸都很少。吃饭的时候也要避开小翠。别人瞅着奇

母亲爱听悄悄话

怪,问他,小翠得罪你了?杨谦不语。人们似乎悟出了什么,说你演西门庆是唱戏,台上台下何必认真?他说,戏是人生啊戏是人生。

春天里,小翠的男人大梁不停地咳嗽,到医院检查,竟是绝症。小翠哭天号地,杨谦来了,丢下5000块钱转身就走。小翠跟上他,把钱向他怀里推说,我知道这是你留着娶媳妇的钱,我不能收。杨谦有些生气了,眼珠子瞪得吓人,说娶媳妇要紧救命要紧?

小翠捏着一沓子钱泪眼婆娑。

大梁走了,小翠像是丢了魂儿,调整了几个月才恢复过来。就有人背后撺掇,让杨谦和小翠这对有情人结合了吧。

谁知道杨谦一百个不答应。

有一次,杨谦跟小翠说,你不要扮潘金莲了。小翠问,为什么?杨谦的头低低的,不说话,转身走了。

小翠还是扮演潘金莲,杨谦说啥也不再扮演西门庆。团长找他做工作,要他考虑到剧团的大局。无奈,锣鼓一响,杨谦再也没有以前演得鲜活,而是近乎呆板,一点儿也淫不起来,一点儿也色不起来了。

闲 人 麻 六

麻六吼一声高亢的梆子腔,优哉游哉地穿过元城的街巷。

麻六是光棍汉,一人吃饱,全家不饿,天一黑就溜到巷子口,听听哪里有锣鼓响,便循声而去。

有剧团来元城北街戏院演出,需要地方上有个主事儿的人出面维持秩序,也就是在戏园子里面巡逻,发现有逃票的翻墙头,就拉去补票。大家低头不见抬头见,做这个主事儿的得罪人,谁也不愿干。以前有个主事儿的,抓住一个逃票的人,逃票的人指着主事儿的鼻子说,你吃里爬外啊,为别人得罪自己人值不值?主事儿的脸上挂不住,说啥也不干了。

就有人推荐了麻六。麻六觉着看戏不花钱,还能和演员在一起,这差事不错,就答应了。

时间长了,戏班的演员不认识元城名流,却都认识麻六。

戏园子其实就是一个大院落,院墙不是很高。常常有小孩子逃票,从墙上跳过来。只听咕咚一声响,麻六手里提着手电,雪亮的灯光马上就跟了过去,刚跳进来的孩子就被麻六抓住了。有时候麻六并不去撵,只是故意大喊一声谁家的孩子,小孩子早已经像兔子一样跑进人群中间了。有一次麻六的手电照到一个从墙上跳下来的孩子,疼得在地上哭。过去一看,孩子摔得伤了脚,麻六慌忙背起孩子一溜小跑去卫生所包扎。

麻六无奈的是翻墙头逃票的不仅有孩子,还有成年人。大家一条街上住着,都认识,你就是抓住了,有喊六哥的,有喊六叔的,还有喊六侄子的,也拿他们没办法。有一次,戏演到高潮,他走上舞台,让锣鼓静下来,冲台下观众抱拳说,老少爷们儿,戏演得好不好?台下齐声说好。麻六又问,这帮演员卖力不卖力?台下都说卖力。麻六脸一沉说,有的爷们儿不够意思,为了省下两毛钱,从墙头上跳过来。你再看看人家唱戏的,出门在外不容易啊。大冷的天,就是讨饭的到咱门上,咱也得给人家一个馍吃。这些人倒好,把咱元城的脸丢光了,也不怕人家戳咱的脊梁骨?

台下就有人和稀泥说,开戏吧,开戏吧。

锣鼓响起来,演出继续。后来翻墙头的人少了。

秋后,来了唱坠剧的戏班。由于在门口检票的是本地人,大家都熟

母亲爱听悄悄话

悉，好多人横冲直撞向里面闯，检票的人抹不开面子拦截，一场戏下来没有卖到多少钱，戏班班主的脸拉长了。麻六建议，改由戏班里的人检票，本地人和戏班里的人不熟，自然不好意思逃票了。可是怪事儿又出来了，戏班的人找到麻六说，有件事儿不好意思啊。麻六说，你尽管说。戏班的人挠挠头笑了，说你有几个爹？麻六说，只有一个啊，这还能多？戏班的人就说，有个人没买门票，说是你爹，我只好让他进来了。可是一连几十个人都说是你爹，都没有买门票，弄得我觉着蹊跷。

麻六一听，笑着说不好意思啊，我是吃百家饭长大的，他们都是我爹。

这天晚上，麻六又一次走上舞台说，静一静，大家听我说，今晚那几个没有买票的，你们当我爹可不能白当，回头把票补上。你糟践我可以，戏子走天下，别给咱元城人脸上抹黑。

说完，麻六鞠个躬下台。台下哄堂大笑。

戏班的班主看上了麻六，邀请麻六参加剧团。麻六说，那敢情好了，只是我不会唱戏啊。班主说，剧团缺个做饭的师傅，你会做饭吧？

麻六有了新的营生，还能天天免费看戏，自然乐意跟着戏班走了。

元城北街戏院主事儿的换成了来顺。来顺对付逃票的有办法，在墙头上抹大粪。翻墙头的孩子弄一身臭烘烘的，再也不敢靠近墙头了。成年人爬墙弄了一手脏，顾不上看戏，一边找水冲洗，一边骂来顺。而来顺正在舞台一侧喝着茶水。几个人来找来顺说，你咋恁孬，用大粪向墙上抹？

来顺把茶杯向桌子上一蹾说，碍你啥事儿了？我又没有向你身上抹。

来人就哑了。

后来，戏曲不景气，北街戏院拆了，改成了交易市场。

常常有人想起麻六。

泥 人 胡 四

元城东门外胡家捏泥人的手艺传到胡四这一辈儿已经是炉火纯青了。

每日里，胡四扛着一副挑子，前头是小板凳、雨伞和杂七杂八的工具，后头是一坨掺了棉絮之后，揉得像面团一般的胶泥。胡四来到城里某个街巷的繁华处，放下挑子在小板凳上坐了，很快就会有小孩子围拢过来，掏出从大人那里掏来的铜钱，让胡四捏一个憨态可掬的戏曲人物或者小猴子、小乌龟一类的玩意儿。也有的妇女让胡四给捏一个泥娃娃，祈盼早一天抱上贵子。有钱人家的公子哥儿来凑热闹，让胡四捏一个金元宝、小猫小狗之类的，就纯属找乐子寻开心了。

除了捏泥人，胡四还塑神像。从元城护城河边上挖出来的胶泥，经过胡四的一双手就似乎有了灵性，塑出来的神像出神入化，栩栩如生。

胡四最爱去的地方是莲湖巷，为了一个名叫罗天香的富家小姐。

那一年，罗老爷请胡四来家里塑财神，胡四就在罗府里住了七天七夜。神像塑成了，将要喷彩时，环佩叮咚，异香袅袅，闪出一个娇艳的靓姐儿。这靓姐儿就是罗老爷的千金罗天香。

罗天香看过神像，拍手叫绝。又看胡四，目光里有了春水荡漾。

胡四的目光和罗天香的目光相撞的一刹那，一团火焰烧得胡四要

母亲爱听悄悄话

爆炸了。

罗天香咯咯笑，胡四才回过神来，在挑子后头抓了一把泥，顷刻之间手里就魔术一般有了两个鸳鸯鸟。罗天香双目含情脉脉地接过胡四的鸳鸯鸟，朝着胡四娇羞地一瞥，咯咯笑着，掩面而去。

把个胡四看呆了。

胡四常常在罗府门前徘徊。青色的粗布衫浆洗得新崭崭的，换了一块干净头巾，买了一双千层底的靴子，为的是看到罗天香。胡四心里明白，自己是一个穷手艺人，哪里能攀得上罗家的小姐啊。尽管这样想，胡四还是浇不灭心中的那一团火焰，哪怕能看看罗天香的身影也是一种享受啊。

一个月、两个月过去了，直到罗府门前树叶泛黄，胡四也没有看到罗天香，却听到罗天香和东街绸缎庄吴老板儿子结婚的消息。胡四就没有心思捏泥人了，像霜打的葫芦一样扛着挑子，落魄地回家来。

不久，胡四又听说吴老板儿子被枪杀了。吴老板的儿子是大名七师的学生，参加了共产党。

胡四早过了婚嫁年龄，高媒婆为他介绍刘石匠的女儿，胡四断然拒绝了。那就到罗府提亲吧？胡四叹一口气说，咱不配，哪里能玷污了罗小姐的美貌。这一拖，十几年过去了。

胡四再一次见到罗天香是在莲湖巷口。罗天香回娘家，腋下夹着小包袱。胡四忍不住喊了一声罗小姐，罗天香回过头来，胡四就见罗天香消瘦了许多，虽然面色苍白，却掩不住少女时期的美丽。罗天香冲着胡四笑笑就急匆匆地走了，一溜细碎的脚步踏在青石板上，踩得胡四的心里酸酸的。胡四眼睛里闪烁着泪花，望着罗天香的背影呆若木鸡。

胡四一生未娶，每天天一亮就扛着挑子到城里捏泥人，生意依然是红红火火。隔三差五地到东街绸缎庄扯几尺花布，偶然还能看到罗天香。解放后，公私合营，罗天香做了站柜台的售货员。胡四进进出出，在罗天香眼前闪动了几十年。几十年下来,胡四的头上就像落了一层雪。

最后一次踏进罗天香商店的门,胡四说,夫人,我为你捏一个泥人吧,和你做做伴。罗天香说别了,我不寂寞。罗天香说着从抽屉中拿出一对泥捏的鸳鸯鸟。

胡四心里咯噔一下。回家,病倒了。

胡四的三间上房分为厅堂和卧室,卧室的门长年挂一把锁。一场大雪纷纷扬扬地落下来,胡家族人多日不见胡四出门,硬是把胡四的卧室撬开了。

人们惊呆了,卧室里站着几十个衣着华丽的女人。仔细看,却是泥塑,和真人一般大小,正是罗天香不同年龄段的塑像,竟然如此的逼真。

胡四躺在床上,身体已经冰凉了。

水红色旗袍

春天的风像个勤快的小媳妇,扭动着细细碎碎的脚步在院子里荡来荡去,把大小姐身上荡出了一层细密的汗水。大小姐催促丫鬟二凤说,天暖和了,你去裁缝铺看看换季的衣服做好了没有。

二凤窃喜,心口噗噗跳。大小姐在裁缝店做了一件水红色旗袍,那裁缝就是巴奎。

巴奎不仅长得出众,一脸的英气,而且手巧心灵,做出的衣服那么可

身,熨帖。元城有名望的人大多是找巴奎做衣服。

二凤七岁那一年,为了给哥哥看病,被父亲卖给秦府当丫鬟,算起来有十个年头了。大小姐长得粗粗笨笨的,二凤却出脱得秀丽,高挑个,白皮肤,青青葱葱。大小姐的哥哥秦少爷打着二凤的注意,想纳为小妾,二凤却想和小裁缝巴奎做一对牛马夫妻。每一次出门买东西,二凤都要悄悄来裁缝店看一眼。

二凤取了大小姐的旗袍不急着走,从贴身口袋里抓出几颗没舍得吃的糖果塞到巴奎手里。巴奎瞅着二凤说,等我凑足了大洋,赎你出来,你给我生一窝孩子。二凤红了脸颊,娇骂一声没羞,夺门而出。

水红色旗袍穿在大小姐身上,咋看也不顺眼。都怪大小姐的腰肢太粗了,腿太短了。大小姐的嘴一噘说,收起来吧。

晚上,二凤伺候大小姐睡下,悄悄取了旗袍,自己穿起来。二凤站在铜镜前,呀了一声:镜子里一个天仙般的美人儿。再瞧这身段,二凤入迷了,没了睡意,在屋里扭来扭去。

忽然间,门被推开,一伙子蒙面人闪进来,没等二凤张口,就把一团棉絮塞进二凤嘴里。另一个蒙面人取一条大布袋,把二凤从头到脚罩住,扛在肩上一路飞奔。过了半个多时辰,二凤被人从大布袋里放出来,定睛一看,一个黑大汉坐在太师椅上,两排几个狰狞的家伙,举着灯笼火把。

这里是土匪窝,自己被绑架了。

惊魄未定的二凤被人从嘴里掏出棉絮,浑身打颤,不等土匪问话,忙辩解说,俺是丫鬟。

丫鬟?土匪头哈哈大笑,瞧你这身打扮,还想蒙我黑老三!一百块大洋老子拿定了。

按规矩,七天内赎回人质,过期要撕票。已经是第八天了,秦府还没有消息,黑老三这才相信二凤是丫鬟。黑老三一只手托着二凤的下巴,仰天长笑说,这么漂亮的妞,招人心疼,老子留着做压寨夫人。

这一次二凤不害怕了，秦府不救，横竖是个死。她吐口痰，向黑老三身上撞。黑老三身子一闪，二凤倒在墙角上，头上渗出了血，目光像刀子一样盯着黑老三。匪兵上前要打二凤，黑老三怔了怔，抬起手说，算了算了，真是少见的烈性女人。

黑老三不死心，听说二凤喜欢旗袍，就差人到元城城里绑架一个裁缝，为二凤做一百件旗袍，讨二凤欢心。黑老三喝得醉醺醺地说，女人就是水做的，别看像冰一样冷，只要你对她好，三暖两暖，她的心就软了，化了。二凤早晚是我的女人。

绑架来的裁缝正是巴奎。

一百件旗袍做好的那天晚上，巴奎打听到关押二凤的地方，在房后挖洞，钻进房中。二凤一见巴奎，惊喜如梦！巴奎拉住二凤衣袖子说，快走！

二人从墙洞钻出来，走到寨墙边。二凤说等一等，我忘了一件东西，还得回去。巴奎说，逃命要紧，不能再回去了！二凤不听，挣脱巴奎向回跑。待二凤气喘吁吁地怀里抱着一件水红色旗袍回来时，被巡逻的匪兵发现。匪兵喊声如潮，灯笼火把向他们围拢而来。

巴奎急得直跺脚，二凤你真糊涂，不就是一见旗袍嘛，回头我给你做一万件。这下倒好，插翅难逃！

黑老三看到二凤怀里紧紧抱着的水红色旗袍，目光像是被蝎子蛰了一下。黑老三大喝一声：闪开一条路，送我妹妹下山！

二凤看看黑老三，在火光中像铁塔一样矗立着。二凤回头搡了巴奎一拳，呜呜大哭。哭得巴奎一愣一愣的，慌了神。

姜老汉，何老汉

元城和魏城交界的地方有两块地，界桩正好从中间穿过。界桩这边的姜老汉锄地的时候，认识了界桩那边的何老汉。

姜老汉招呼何老汉说，歇一会儿吧，抽支烟。两个老汉就在界桩上坐下来，一边抽烟，一边聊天。何老汉说些家长里短，姜老汉却很傲气，一副得意神色说，我们元城比你们魏城好，我们元城的县长是从省里直接派下来的，尽为老百姓办好事儿。我们村里安了水管，修了公路。

何老汉嘴里啧啧赞叹说，我们魏城也有一个这样的县长就好了。

姜老汉说，你迁到我们元城来吧。

两个老汉哈哈笑。

有一次，姜老汉说，下盘棋吧。两个人就蹲在界桩两侧下坷垃棋。坷垃棋是民间的一种游戏，以坷垃代替棋子，在地上画一个棋盘。姜老汉说，我代表元城，你代表魏城，咱们两个县比赛。

何老汉总是输，不停地给姜老汉敬烟。

姜老汉大嗓门，元城赢了，魏城输了。

两个人下棋上了瘾，锄地累了，就下棋。

听着鸟鸣，微风如水缓缓流，阳光下的小苗儿翠绿翠绿。姜老汉说，秋后打算给儿子娶媳妇，到时候请你去喝喜酒。

姜老汉的地呈三角形,耕种很不方便。何老汉的地缺一个角,耕种也不方便。何老汉说,咱俩的地整合一下吧,把你的地角给我,这样咱们都好耕种。姜老汉摇摇头,眼睛一瞪说,不行不行,有界桩呢。何老汉说,咱把界桩挪一下。姜老汉有些急了说,那更不行,咱是两个县,我可是代表元城,不能出卖土地,你就别打这个算盘了。

何老汉不死心说,我给你钱行不行?姜老汉黑了脸说,更不行,老祖宗留下的界桩,我不能做千古罪人。

何老汉说,那就算了,不提了,咱们继续下棋。你代表元城,我代表魏城。

姜老汉来了精神说,我代表元城,杀你个片甲不留。

一边下棋,一边聊天。姜老汉说,我们元城可好了,前几天儿子带我去县医院看病,那楼可高了,那街道,可宽了。

何老汉说,我觉着我们魏城也不错,说不定你们元城的县长会到我们魏城做县长呢。

姜老汉说,你想得美,听说我们的县长要去邯郸做市长了。

到了秋天,两块棉田开满了白白的棉花,远远望去,像天上的云团。何老汉打赌说,看看元城的产量高,还是魏城的产量高。

姜老汉说,不用赌,你们魏城肯定不行。你准备一壶酒,咱在界桩上喝。

秋后,不用到田里去了,何老汉感觉很失落,有些想念姜老汉了,就到田里来。天冷,棉柴上挂了一层霜。

远远看到姜老汉在界桩上坐着,何老汉不由得加快了脚步。何老汉想问问姜老汉的棉花产量,却看到姜老汉布满沟壑的脸,比落了霜的棉柴还要难看。何老汉问他,有什么事儿想不开?

姜老汉叹一口气说,元城要建化工厂,占用这块土地,儿子不同意,去省城上访,被县长派人抓回来,说是扰乱治安,关在派出所。派出所让

母亲爱听悄悄话

交五千块钱才放人,娶媳妇的事儿也黄了。

何老汉急得直跺脚,不就是五千块钱吗?我的棉花买了三千多呢,明天我把钱给你,先把儿子搭救出来。

姜老汉心里一热说,那,我可得好好谢谢你。

何老汉安慰姜老汉说,举手之劳的小事儿,咱老哥俩谁跟谁?你也别放心里去,高兴着点。来,咱俩再下一盘棋,还是你代表元城,我代表魏城。

姜老汉苦笑笑说,我,连我自己也代表不了了。

何老汉也感觉很无奈,叹一口气说,你等着,我回家给你拿钱去。

姜老汉欲言又止,望着何老汉的背影,流下一行浊泪。

采 访

老胡经常在市报发表一些豆腐块,在元城也算是小有名气了。最近元城县委宣传部要编辑一部叫《元城风采》的书,因为写的是元城县各条战线上的精英人物,还要出去采访,就让老胡来帮忙。一篇稿子收费2000元,作者有30%的提成作为稿酬。为了促成,就统一口径说老胡是县委宣传部的记者。

精精瘦瘦的老胡接到通知时,老胡那五大三粗的老婆正在家里骂骂咧咧。老婆想买猪娃,家里没钱,老婆就说嫁给你这穷酸可真是倒血霉了,你他妈的就会写,挣个小稿费还不够老娘买卫生巾呢。老胡说你别急,采访回来就有买猪娃的钱了。

老胡洗洗脸,换上过年去老丈人家才舍得穿的西服,骑上破自行车来采访徐街乡的刘乡长。

来到徐街乡,老胡犯了愁,自行车放在哪里啊?现在当官的都是狗眼看人低,对骑自行车的肯定看不起。老胡正在琢磨,看到有一户人家虚掩着门,心说,放在这里吧,采访完了再悄悄地推走。

老胡推开门,把自行车放进院里,直奔乡政府。

觉着尿急,老胡一溜小跑先奔厕所。跑得快了,一转弯撞到一个人,这人就骂他没长眼。老胡一看是个秃头顶,就联想起村后的那二亩盐碱地。老胡才不尿他呢,说你不看我有急事吗?秃头顶瞪他一眼,说了一句神经病,走了。

老胡冲着秃头顶啐一口说,呸,你才神经病呢,老子使命在身,若不是采访乡长,和你没完。

老胡推开刘乡长办公室,愣住了,秃头顶在里面坐着。老胡说我找刘乡长。秃头顶站起来说,哈啊哈,我就是。

老胡愣住了,面部肌肉紧急集合,眼睛眯成一条缝说,刘乡长您好,我是咱们县委宣传部的老胡,奉命采访您。

说着话,老胡毕恭毕敬地把介绍信递过去。

哈啊哈,您是咋来的?刘乡长问他。老胡说是宣传部牛部长的专车送我过来的,司机小张有事回去了,12点来接我。

刘乡长又问,马科长还好吧?

老胡不知道谁是马科长,只好打哈哈,好好,哦,好好好。

刘乡长用手梳拢着稀疏的头发说,哈啊哈,就不要写我了,我做的都是应该的嘛。再说你们还收费,让我花钱买名声,影响不好。

老胡挤出一丝讪笑说,谁不知道刘乡长啊,乡里连续五年全县第一,

荣誉的背后您付出的太多了,您的创业经历就是社会财富啊,采访您可是县委牛部长点了名的,你要配合一下。

刘乡长笑成了弥勒佛,哈啊哈,那就让你写写吧。

老胡一听,急忙坐在沙发上,掏出纸和笔开始记录。

采访结束时,刘乡长说胡记者你辛苦了,中午我请你吃饭,我下午去县里有个会,吃过饭顺便捎你回县城。

老胡连忙说不打扰了,不打扰了,感谢您配合县委工作。您看这版面费能不能让我带回去?刘乡长说,哈啊哈,不凑巧,会计开会去了,我这里有五百,您先拿去。

老胡心说五百也行,先买一只猪娃。接了钱,也没好意思数就装进口袋,说我回到县里就交给会计。

慌慌张张向外走,老胡心说还是赶快回家交给老婆吧。

刘乡长在后面喊,喂,胡记者啊,司机还没来,您咋走啊?老胡向刘乡长挥挥手说,司机小张在外面等我呢。

出了乡政府的大门,来到放自行车那户人家,一个长得像油桶一样的胖女人横在他面前。胖女人说,这是你的自行车?老胡点点头,满脸堆笑。

胖女人说我又不认识你,你怎么把自行车放到俺家?

老胡说不好意思,给您添麻烦了。胖女人说,你把我家的门打开了,我家的老母猪领着一群猪娃跑出去了,走丢了一只,你得赔我的猪娃。

老胡说,我哪里知道你家猪娃?胖女人说这门是不是你开的?老胡说是啊。胖女人说这不就对了?赔钱吧。

我是县委的记者老胡。老胡说着,掏出介绍信让胖女人看。胖女人说扔一边去,我不识字。别说你是记者老胡,你就是县长老张也不行。

正在和胖女人像拉锯一样挣扯,一辆轿车停在门口。刘乡长从车上下来说,怎么了胡记者?

老胡的脸红得像猴屁股。胖女人正要说事情的经过,老胡向刘乡长笑笑,急忙把胖女人拉倒一个角落,从口袋里拿出那五百块钱说,给你钱,好男不跟女斗,算我今天倒霉。

刘乡长说,司机小张还没来啊?你上我的车吧,我要去县里开会。

老胡指指胖女人说这是小张的老姨,小张让我在这里等他,就不麻烦你了。

小轿车屁股上喷出一股烟,走了。老胡推上自行车,气咻咻地也要走,一只受惊的猪娃向这里跑过来。胖女人惊喜地说,俺的猪娃回来了。

老胡上前按住猪娃说,什么你的猪娃?都给你钱了,我的!不由分手,老胡把猪娃装到自行车筐里向家赶。

第五辑 元城第一笔

鸟人鹿三

天麻麻亮,正是捕鸟的黄金时刻,鹿三带上粘网去西河弯。

西河弯是卫河边的一片开阔地。每年春天或者秋天,百灵、画眉、鹌鹑、一把伞、云雀、红嘴子,叽叽喳喳,真是一个鸟世界。

鹿三捕鸟有一绝,先布下粘网,然后学鸟叫,引得鸟儿过来。鹿三捕鸟跟别的捕鸟人不一样,鹿三捕了鸟从不去元城的鸟市去卖,而是自己玩儿,寻乐子,玩儿几天就放了。他把鸟弄回家,家里没有鸟笼,有鸟笼就不是他鹿三了。鹿三在屋里随便竖一根筷子,鸟儿就栖落在筷子上。驯几天,鸟儿就落在鹿三肩上了。

白天,鹿三带着鸟儿走在元城大街上,身后跟着一伙人瞧稀罕。鹿三要放飞鸟儿时,有个爱鸟的老汉来讨要,鹿三不给。老汉说,我不白要,多少钱随你开口。

鹿三背着胳膊,把脸仰得老高,眼睛朝天。老汉哼一声,气咻咻地走了。

也有人想捉住鹿三放掉的鸟儿,可就是捉不住。鹿三竖根筷子,鸟儿就落,你放根金条,鸟儿也不看一眼,怪了!

元城人都管鹿三叫鸟人。

有一次,鹿三捉到一只受伤的鸟儿,脚上缠着一根红丝线,嵌入脚趾,肿胀了。鹿三小心翼翼地为鸟儿做手术。还有一次遇到一只无精打采的鸟儿,鹿三就知道鸟儿吃了喷过农药的谷穗儿。鹿三用剪刀剪开那

鸟儿的嗉子,用肥皂水洗净,然后拿针线缝合,喂了一些小米蒸鸡蛋。第二天,鸟儿扑棱棱飞走了。

这几年,农田里有了农药,鸟儿越来越少,也就显得金贵。鹿三发誓不再捉鸟。门前那棵老槐树上却落满了鸟儿,鹿三打个呼哨,一片欢叫,翩翩起飞。鹿三就取稻谷撒在门前的空地上让鸟儿来觅食。有时候,鹿三还要去河堤的草层捉活虫子,比如画眉,专爱这一口。

儿子在县城是建设局长,一直想让老爷子去县城享清福。鹿三不去,说离不开他的鸟儿。儿子说县城有鸟市,鸟儿多得是,你闲着没事可以去看看。

拗不过儿子,鹿三到了县城。周末,儿子陪他逛鸟市,鸟儿瞪着圆圆的小眼睛看鹿三。鹿三心疼得不行,掏钱买几只,出鸟市就放飞了。

有一天,儿子儿媳上班走了,有人敲门。鹿三开门一看,是个西服革履的小伙子。小伙子一口一个大爷喊着,手里提着一个精致的鸟笼,说自己是鹿局长的朋友,知道大爷喜欢鸟儿,把这只红嘴子送给大爷。

这鸟儿一身黄毛,缎子一般,胸脯上一撮靛青,长长的嘴却是红色的。鹿三捕了半辈子鸟儿,也罕见这么漂亮的红嘴子。

鹿三摇头说,你这是行贿吧?小伙子笑了,说大爷真幽默,我也喜欢鸟,咱还是鸟友呢。听说您是驯鸟的高手,您帮我驯几天总行吧。

这样啊。鹿三接了鸟笼,让小伙子屋里坐坐。小伙子说声谢谢,大爷您忙。转身走了。

红嘴子不仅长得漂亮,而且会模仿各种声音。鹿三来了兴致,逗起鸟来了,一上午就驯得红嘴子和他成了朋友。鹿三还想着明天教给红嘴子唱歌呢。

儿子下班,鹿三兴致勃勃地跟儿子说起小伙子送鸟的事情。儿子惊讶地从沙发上弹跳起来,说把鸟儿拿来我看看。

鹿三不知道咋回事,打个口哨,红嘴子飞过来,落在鹿三肩上。儿子拿过鸟儿,睁大着眼睛,用嘴向鸟儿身上吹气,把羽毛吹开,从翅膀下取出一个黑色的纽扣。

儿子铁青着脸,一扬手把鸟儿摔成了稀巴烂。鹿三心疼得要命,说你跟鸟儿制啥气?

鹿三第二天急着回老家,临走还生气地说再也不到城里来住了。

元 城 锁 王

锁王老彭生意奇好。元城人常常看到他骑着电动车沿街串巷的身影,还不时地打电话。

老彭精瘦,猴子一样,却天生一双巧手,小时候对锁感兴趣,把个好端端的锁拆得七零八落,再重新组合。高中毕业那一年,老彭喜欢上了写文章,在市报发表过一首诗,最著名的一句是:白云是我的翅膀,踏着风在月光中飞翔。老彭写的稿纸摞起来比自己还高,日子依然是清汤寡水,女孩子说他精神病。老彭年过三十还没有讨上老婆,无奈,倒是研究起锁来了。无论多么千奇百怪的锁,他不用钥匙,三弄两弄就开了,像念魔咒一样令人叫绝。邻居们家的锁打不开都是找他帮忙,笑嘻嘻地称他是锁王。

有一户人家失盗,知道他会开锁,便怀疑他。正好老彭下岗,在家闲着没事儿干,干脆在公安局备案,干起开锁这一行。

老彭开锁有个怪癖,公家找他,他开价很高。而平民百姓找他,却要

钱极少,甚至分文不取。老彭自有老彭的道理,公家的锁重要啊,锁着的全是重要文件,当然要高价了。若是向老百姓要价高,人家一锤下去把锁砸开了,大不了换一把新锁。

仔细琢磨,老彭说得有道理。

元城县物价局长办公室的钥匙丢了,不仅办公室打不开,关键是那几个抽屉里面的资料急着用。只好找老彭来开锁。老彭来了,不亢不卑地说咱们先小人后君子,价钱一千元。局长的眼睛睁得像鸡蛋,打量劫匪一样瞅着老彭说,在这里你还敢乱要价,你打劫啊?一千元能买回两箱子锁。老彭听了并不解释,憨憨一笑,收拾工具,转身就走。

走到楼下,局长的秘书跟上来,一副生气的样子说,不就是一千块钱?给你还不行吗?老彭这才转回身,一言不发,随秘书上楼,掏出工具,这儿捅捅,那儿敲敲,三下五除二就把局长的锁全打开了。

有个年轻人贼眉鼠目地跟在老彭身后,缠着老彭要拜师学艺。老彭笑笑说,你还年轻,学点别的吧,干什么也养人。再说了,开锁是特殊行业,凭的不仅仅是技术。年轻人说,我到公安局备案还不行?老彭说,有些东西备案也不好使。

老彭四十多岁的时候,手里有了一些积蓄,看上了莲湖巷鲜花店的女老板马寡妇,就托媒婆去说和。马寡妇一副贵妇打扮,虽是徐娘半老,依然风韵犹存,根本就看不上一个修锁的。马寡妇跟媒婆说,如果是个董事长什么的还值得考虑,老彭啊?一边凉快去。

老彭仰天长叹,看来世间万物皆有克星,我老彭这辈子甭想打开马寡妇这把锁了。

一天夜里,老彭正在酣睡,门被拍得山响,一胖一瘦两个人说请老彭走一趟。夜里有人丢了钥匙进不了家,火烧火燎地来请他开锁是常有的事。老彭没有多想,穿衣下床带上工具就跟着这俩人出了门。两个人把老彭带到野外,老彭感觉不对劲,说你们要带我去哪里?胖子诡笑说,前面不远就到了。来到一个废弃的屋子里,胖子指着保险柜让他打开。老彭一看心里就明白了,摇摇头说这玩意儿啊?我打不开。胖子冷笑说,还有你锁王打不开的锁?你给我打开,价钱随你要。老彭说多少钱我也打不开。瘦子黑了脸说,别不识抬举,小心老子废了你。老彭出了一头冷汗,觉着自己两条腿打战,手指发抖。老彭咬咬牙,自己给自己壮胆说,你他妈的给老子一座金山也是打不开。瘦子挥舞着棍子要打老彭,胖子说别摊上命案。瘦子不听,猛地打过来,老彭惨叫一声倒下了。

老彭躺在医院洁白的病床上向警察描述歹徒的长相特征。警察很快就抓住了盗贼,老彭的事迹也上了当天的报纸、电视,成了新闻人物。

电视台正在采访老彭,马寡妇捧着一束康乃馨推门进来了,惊得老彭哆嗦了一下。马寡妇说那个保险柜是她店里的,里面不仅有现金,还有好多的单据,如果不是老彭,她的损失可就大了。

马寡妇剥一瓣儿橘子塞到老彭嘴里,勾着脑袋问,甜不甜?老彭的目光在马寡妇泛起红晕的脸上黏了一下又一下,笑眯眯地闭上眼睛说,甜,我又打开了一把锁。

元 城 师 爷

县委办公室主任严小楼写得一手好文章。县委书记明天要开会,严小楼一夜之间就把讲话稿写好了,而且很出彩。

严小楼被誉为元城一支笔,是元城八大奇人之一。奇就奇在他做了十几任县委书记的秘书,自始至终没有离开过县委大院。领导多次和他谈话,要他到下面的局里任职,他都拒绝了。他说自己在县委大院熟悉了,好多的事儿他协调起来得心应手,换了别人不一定比他强。

领导不信,离开你,地球就不转了?领导把几件事儿交付别人去处理,果然是越处理越乱。只好请严小楼出面,很快就冰消雪释了。

其中一件事是修路征地,公安部门出动,老百姓也不怕,要到北京上访,事情越闹越大。严小楼的办法是去村里,和大家说说笑笑,弄清了几个带头人有亲属在事业单位任职,让这几个人的亲属做工作,什么时候做通了再回来上班。

上访事件很快就偃旗息鼓了。

这一招,不服不行。

几任县长的施政策略,都是严小楼出主意。有个初来乍到的王县长,不吃这一套,自以为本事通天,处理事务如烹小鲜。建化工园区,严小楼建议在远离县城的废弃砖瓦窑上。好大喜功的王县长不听严小楼这一套,结果被群众举报,牵扯到受贿,栽了跟头。

还有个主管建设的副县长,拉拢严小楼,想去掉"副"字,排挤一把手。其实严小楼已经看出副县长的心思,正想调节其中关节,苦于没门路呢。严小楼劝副县长好好配合工作,等县长升迁了,这把交椅还不是他的?

副县长采取了严小楼的方案,过了半年,县长升任副市长,副县长接任,果然做了一把手。

县里这些事儿,还真的离不开严小楼。

一个开发商在河滩上建别墅,送给县委常委每人一套。严小楼叮嘱县长不能要,切莫留下把柄。过半年,建别墅的事儿被媒体曝光,捅到省里,开发商的后台很快就被查处了。

幸亏听了严小楼的话。县长一阵后怕,对严小楼越发钦佩了。

有一次,省领导来视察,市里通知各县好好招待,并且安排好了视察路线。

听说邻县已经到山东去采购海鲜了,县长慌恐不安,元城是否也去买海鲜?负责接待任务的严小楼倒是悠然,跟县长说,这事儿包在我身上,咱来个"好吃不贵"。

省长来了,严小楼安排的是农家餐,到老百姓家里去,萝卜、咸菜、臭豆腐。省长吃得有滋有味,还让其他县的领导向元城学习,做勤政廉洁标兵。

省长在农家饭桌上吃饭的照片登在各大报纸上,反响很大。

这一手,绝了!大家不再喊严小楼严主任,称他是"元城师爷"。

一个副乡长跑官,来找严小楼。严小楼说,你不要想歪门邪道,回去栽树吧,你们乡里那么多的荒滩,你把荒滩染绿了,就是你的政绩。

副乡长回去发动群众植树,被省电视台作了专题报道。还有一次春灌,副乡长跳到水里,帮群众浇地的画面也出现在报纸上。副乡长很快就被提拔为乡长了。

新上任的乡长到严小楼家里致谢说,多谢严主任指点。严小楼说,不要感谢我,这都是你自己干出来的。

严小楼要退休了,县里留他做顾问,严小楼不干,执意要退。

临走,推荐了办公室副主任牛大旗接任他的职务。

有些事儿,牛大旗把握不准,就去问严小楼,说您得把我扶上马然后再送一程。

每次来,带一只香喷喷的元城贡鸡。

有一次严小楼不在家,牛大旗和严夫人闲聊,问起严小楼的嗜好。严夫人说,他啊,不抽烟,不喝酒,不玩牌,回到家没事儿就去鼓捣他的皮影。

母亲爱听悄悄话

皮影？牛大旗顿感好奇。

严夫人说，就是木偶。严小楼祖上是玩皮影的，严小楼从小爱好这个，下班就把自己关在屋子里玩木偶。

严小楼回来，听了严夫人的话，长叹一声，你吃不上牛大旗的元城贡鸡了。

果然，牛大旗再也不来请教严小楼了。

元 城 蛇 妇

在元城，你打听谁是聂月娥，没人知道。你若是说就是那个养蛇的女人，人们犹如醍醐灌顶，"哦"了一声，说你说的是她啊，用手一指，看到没有？住城南街张家胡同第三户，大门朝东，穿红衣服的那个漂亮女人就是。

聂家是外来户，自然要受到胡家人的欺负。偏偏聂家又没有男丁，这就让聂月娥的父亲见人矮三分，忍气吞声地抬不起头来。聂月娥倒是出落得像一朵莲花。才16岁，挺拔的个头，匀称的身材，皮肤像剥了皮的鸡蛋一样白嫩喜人，说起话来像清脆的琴声。聂月娥走在大街上，乌黑的眸子有一种莫名其妙的东西在男人们的心里膨胀。

胡大庆手里提着二斤喜果子来托高媒婆到聂家提亲。聂月娥的父亲一听是胡家，吓得嘴巴像抽风一样嗫嚅了半天。胡大庆人长得比大老鼠也强不到哪里,黑得赛泥鳅。人懒,小麻雀眼睛倒是勤快,受了惊吓似的常年眨巴不停,一说话就露出黄兮兮的、芝麻一样细碎的牙齿。聂月娥一百个不答应。

后来,聂家的下蛋鸡死了好几只。母亲要骂街,被父亲一把拦住了。

又过了几天,聂家的羊又死了好几只,父亲伤心地坐在门口哭。

晚上,聂月娥睡得晚,刚钻进被窝就听得有人咚咚咚地跺墙头,吓得聂月娥吹灭了灯,屏住呼吸,心跳得厉害。过一会儿,听到拨门闩的声音,聂月娥害怕了,问道:谁?

拨门闩的人惊叫一声:蛇,狼狈而逃。

聂月娥听出来了,是胡大庆的声音。她惊恐未定地拉着了电灯,却见到门闩上有一条擀面杖般粗细的花蛇。

聂月娥最害怕蛇。今年春天她看到有一条蛇在鸡窝里吞鸡蛋,吓得她至今还不敢到鸡窝跟前去。可是现在是蛇救了她,她竟然不害怕蛇了,甚至还想对蛇说几句感谢的话呢。

一想起胡大庆,聂月娥心里一阵悸动。她说,蛇啊,你不要走,陪陪我。可是蛇还是爬走了。聂月娥心里像闹八级地震,一夜没敢睡,庆幸蛇救了自己。第二天,她向父亲要了一千块钱出门了。

再回到家里时,聂月娥背上多了一只竹篓。人们围过来问到,你背的什么宝贝?聂月娥放下竹篓说,你们自己看吧。打开了,竟是数十条蠕动着扭作一团的花蛇,吓得一伙子人脸色惨白,哭爹喊娘地散开了。

聂月娥办了一个家庭养蛇场。据说晚上睡觉时,身边的笼子里盛的也是蛇。别看聂月娥一个姑娘家,还敢用手抓着蛇在街上走。一边走,一边冲着人说,凉丝丝的,可好玩了,不信你就摸一摸。

人们吓得直向后退,当然没有人敢去摸了。有一个胆子大的后生和人打赌试探着刚刚伸出手,那蛇就冲着他吐蛇信子,吓得后生的手又缩回去了。

聂月娥姑娘家家的竟然玩蛇,是不是不正常啊?连一个来提亲的也没有了。一说起养蛇的那个姑娘,媒婆子也摇头晃脑,手掌摆得像风吹旌旗,说那个蛇娘子啊,那个蛇夫人啊,不行不行。好像聂月娥也成为蛇了。

那个胡大庆呢?见了聂月娥就远远地绕道走。

聂月娥提取蛇毒到南方去卖。据说蛇毒是一种名贵的中药材,值钱着呢。一来二去地就跟一个搞中医的小伙子相好了。小伙子落户到元城,帮着聂月娥办蛇场,今年还扩大了规模。胡家人没事干,聂月娥就让他们到蛇场来上班。他们刚开始还害怕蛇,慢慢地也适应了。胡家人管聂月娥叫聂场长,却管聂月娥的老公叫许仙。

飞 贼 毕 三

毕三是元城西关人。别看他长得其貌不扬,人瘦如猴,轻功却十分了得,登萍渡水,踏雪无痕,蹿房越脊鸟儿一般,飞檐走壁如履平地,乃是元城奇人。

民国十二年,元城饥馑,常有断炊人家。毕三不同于别的盗贼,他只偷大户人家的粮食,用来济贫。在元城西关,谁家没饭吃,夜间在大门口放个碗,天亮时分取回,碗里就会有黄澄澄一碗米,足够一家人吃两天。有的人贪婪,放个大号的瓦盆瓦罐,里面的米依然是一碗。

据说元城西关的很多人家过年不供奉财神,却供奉毕三的牌位。那年月,兵荒马乱,积金积银也不如毕三这一碗米。

毕三虽是义贼,还是惹恼了那些大户,雇了人,夜间潜伏在贫苦人家门口,想趁着毕三送米的时候抓个正着。岂知这毕三还会缩骨术,身子像泥鳅一样光滑,即使被人抓住手腕也能挣脱。只见毕三大喝一声去也!纵身到了房顶上,转瞬间,脚踩树梢,箭一般没了踪影。

后来,几个大户联手,放火烧了毕三的两间柴草屋。毕三没了栖身之处,一声长叹,干脆投靠了土匪晋麻子。

毕三是孝子,清明节这一天潜回元城给母亲烧纸。黎明时分,他沿着漳河沿儿飞走,突然脚下一滑,跌进陷阱,挣扎不脱。大户的家丁伏在远处,鸟兽一般蜂拥过来,用铁钩子把毕三抓出来,绑了,塞进布袋里面,送到县政府。

县长眨巴着小眼睛给毕三松绑,笑眯眯地指着一桌盛宴说,毕老弟受委屈了,久仰你大名,请上座。

县长拍拍巴掌,有人托出一盘黄金。毕三疑惑地望着县长。

县长叹口气,忧心忡忡地说,本县上任以来,终日为元城的安危而夙兴夜寐。如今地方混乱,土匪蟊贼打家劫舍,30万父老生灵涂炭,何以安居乐业?县长顿了顿又说,你这样漂流下去也不是办法啊!若能擒贼先擒王,杀了晋麻子,为民除害,我代表国民政府赏你黄金百两。以后你在城里安家,娶妻生子,岂不美哉?

毕三却不为所动,哂笑道:我既然被你捕获,要杀要剐随你便,绝不皱眉头,出卖朋友的事情不是我类作为。

果然是条汉子!钦佩钦佩。县长笑笑,捧起一杯酒说,我敬老弟一杯。

谢谢了!话音一落,毕三已经纵身到了屋脊上,大笑一声,消失在黑暗中。

惊得县长呆若木鸡。

秋后的一天,晋麻子跟毕三说,老弟,哥哥待你如何?毕三抱拳说,俺与哥哥情同骨肉,哥哥何出此言?晋麻子拍拍毕三肩膀说,我今晚刺杀元城县长,如有意外,老大这把交椅就是老弟你的。

毕三挺身而起,冲晋麻子抱拳说,这等小事何劳哥哥,待我去取县长的人头。

是夜,毕三换了夜行衣,带一把短刃,踏着朦胧月色,轻车熟路直奔县政府。

约四更时分,毕三猿猴一般从房檐跳下,拨开县长居住的偏房,一闪身跨进门槛。

忽然灯火通明。毕三大骇,转身欲走,门口落下一张渔网,罩住了毕三,竟然无法挣脱。

一阵梆子响,县长手捋山羊胡须哈哈大笑,毕三啊毕三,咱们又见面了。

毕三的目光像火焰一样射向县长,却见县长身后躲躲闪闪站着一个人,竟然是晋麻子。毕三脑海里犹如一声霹雳,一口鲜血喷吐在廊柱上。

斩毕三那一天,刑场上人山人海。西关百姓倾巢而出,人人头上一块白布,远远望去,云朵一样翻卷。

刽子手的大刀凌空劈下,却剁在石头上,闪出一串火星子。再看,只剩下绳索,哪里还有毕三的影子!

此后,晋麻子和县长每天夜里噩梦缠身,相继受惊吓而死。

泥 人 打 鼓

清末,元城县西北四十五里的沙圪塔村有一个叫康大成的落魄文人,到保定乡试被主考官以衣冠不整为借口赶出了场子。回家那一天适值天降大雨,路滑,跌跌撞撞跨进家门,神情沮丧地坐在门槛上感叹自己白白苦读了二十年圣贤书。康大成信手从脚下撅一把泥巴,想着让他恨得咬牙切齿的主考官形象捏了一个泥人。挖去心肺,又在一侧插上几颗铁钉。过两天,泥人晾干了,康大成还觉着不解恨,在泥人的空肚子上蒙了一张浸过胶的牛皮纸,绷得紧紧的。再捏几个绊子,夹上竹篾子,轻轻摇动,绊子旋转着轮番打动竹篾儿,两根竹篾儿敲在鼓上,发出哈啦啦的声音。康大成听着舒服,常常拿着泥人取乐,像在听那主考官遭受酷刑般的呻吟。而别人听起来却是清脆悦耳,特别是小孩子,爱不释手,像是听到了蝈蝈儿叫。

也得考虑吃饭问题啊,为衣食所忧的康大成打起了泥人的主意。干脆取来自己的砚台,在砚台的背面刻出一个凹形的人像做模具,每天能脱出几百个泥人来。沙圪塔有的是胶泥,也不讲究什么艺术,胶泥和棉絮掺在一起揉透了备用,冬天坐在火炉子边上,一个个脱出来,插钉,晾干,然后过胶、绷竹篾儿、安绊子。做好了,走城串乡沿街叫卖,每到一处很快就被小孩子围拢过来争抢着购买。

泥土也能变成钱啊,康大成发了一笔财,康家的泥人打鼓手艺也流

传了下来。据说还卖到了北京城,进了皇宫。慈禧老佛爷正为戊戌变法犯头疼,整天耷拉着脸,饭也不想吃。看到康家的泥人打鼓,乐得不行,还问这小人儿叫什么名字。身边的太监也忘了叫什么,光知道这东西摇动起来就会发出悦耳的响声,随口说叫哈啦啦。哈啦啦?老佛爷一听,笑得更欢了。

泥人打鼓还曾经卖到了东北,张作霖瞧着新鲜,让马弁买了一个,一路摇着泥人,一路哈啦啦的声音,把大帅的胡子乐得一抖一抖的。这泥片子小玩意神透了。

1942年,元城县抗日大队九个伤员到村里养伤,被告密,日军驻元城司令部东一郎少佐纠集一个中队围剿沙圪塔。康家后人康养斋从家里搬出一筐泥人打鼓,吩咐村里男人每人一个,一起摇动,哈啦啦,哈啦啦,像雨后蛙鸣一样震耳欲聋。日军被这莫名其妙的声音惊呆了,这是什么新式武器啊?一时间不知所措。迂回了俩时辰,抗日大队的伤员已经被秘密转移了。

东一郎是个好奇心强的中国通,要看看着怪异的声音到底是怎么回事。沙圪塔再一次被日军包围时天刚放亮,把正要出门的康养斋堵在了家里。东一郎笑眯眯地让康养斋给他演示做泥人打鼓的工艺流程。康养斋乜斜了东一郎一眼,一言不发。东一郎把康养斋吊到房梁上一阵暴打,只打得血肉模糊。

东一郎走时从康家弄走了半筐泥人打鼓。让东一郎欣喜若狂的是找到了康家的镇家之宝,那脱制泥人的砚台模具。一听说砚台模具被掠走了,康养斋气得大病一场,仰仗着年轻,才没有丢了性命。康养斋从土炕上爬起来重新制作了模具,上刻"抗击倭寇"四个小字,才使得泥人打鼓的手艺传承了下来。

"文革"时,康养斋上大学的儿子康剑飞因为和海外的同学通信被抄了家,"抗击倭寇"的泥人模具也被造反派翻走了,不知去向。"文革"

第五辑 元城第一笔

以后,塑料玩具、电子玩具灯光闪烁,奥特曼风靡儿童世界,泥人打鼓也没了市场,销声匿迹了。

前几年,元城县抢救民间文化,在文化馆工作的康剑飞想到自家的祖传绝活儿,回老家问他的父亲康养斋。风烛残年的康养斋只能口述制作流程,关于制作的模具和样品,连影子也找不到了。

2007年冬,康剑飞随中日文化交流团到日本考察民间文化,在东京一个博物馆的玻璃橱柜里惊异地看到了泥人打鼓和一尊砚台模具。说明是用日文写的,不认识,就问翻译。翻译说上面写的是产地——中国元城。

康剑飞拍了一个照片带给父亲康养斋。康养斋让人搀扶着,带上老花镜看了,不由得泪雨滂沱,血气上涌,瘫倒在地。唤来医生抢救时,已经停止了呼吸。

送你一串红灯笼

谁都知道我父亲马瘸子和秦瞎子是好朋友,俩人在一起总是有说不完的话。元城人形容一个人和另一个人关系好,常常拿我父亲和秦瞎子作比喻,说那关系好得像马瘸子和秦瞎子一样。

秦瞎子手里提一根棍子在前面敲击地面探路,沿街串巷给人算卦,有空闲就来我家东拉西扯。秦瞎子和我父亲说着话,天很快就黑下来了。

我父亲说,老弟,别走了。秦瞎子笑笑,翻滚着白白的眼睛说,不走就不走。秦瞎子住在我家,却一宿不睡,继续和我父亲聊天。聊累了,开始抽烟,一根接一根,伴着咳嗽声,两颗烟头明明灭灭,在黑暗中闪烁。

有一次,一个远房亲戚送给我父亲一只烧鸡,父亲掰下一个鸡大腿说,给你秦叔留着。等了两天,秦瞎子没来,父亲有些忍不住了,到大门外望望,踅回屋来,用塑料袋子包上鸡腿,一拐一拐的到秦瞎子家里去。

秦瞎子家里只有一间破旧的小房子,父亲看着秦瞎子把鸡腿吃完,再看看房子哪里漏了就帮他修一修。俩人不喝酒,除了抽烟就是聊天。

我上大学那一年,父亲塌窟窿借债为我凑足了学费。为了早一天还上饥荒,秋后的一天,父亲归拢一下花白的头发,在寒风中背着行李,摇摇摆摆地到城里去打工。父亲是个瘸子,干不了体力活儿,就在一个建筑工地看大门。到年底,工头带钱跑了,民工讨不到工钱,要变卖工地上的机械和设备。我父亲站出来说,工头欠咱们的钱,早晚可以要,如果变卖设备,就是偷盗,就是把有理的事情变成了无理。民工们觉着我父亲的话有道理,只好一步三叹地卷起铺盖回家,父亲却望着工地上的一堆堆机械设备不敢离开。夜里一伙人来偷东西,父亲站出来阻拦,被打伤。为给父亲看病,母亲一咬牙,变卖了家里所有能换来钱的东西。我们家的日子雪上加霜了。学校放假,我风风火火回家来,望着床上的父亲,听着街上的鞭炮声,家里的凄苦景象显得没有一丝的年味儿,我的心酸楚到了极点。

大年初一,一场大雪纷纷扬扬落下来。邻居们有的给我家送米面,有的送肉。望着乡亲们送来的年货,我和母亲脸上有了喜色。父亲趴在土炕上动弹不得,除了跟乡亲们说些感激的话,眉头依然蹙成了疙瘩。我知道他想和秦瞎子聊天了。

父亲让我给他打开窗户。我说这么大的雪,秦叔是不可能来的。父亲有些生气了,说我让你打开你就打开,别磨叽。我只好把窗户打开一条缝隙。父亲的目光透过这条缝隙,投向茫茫雪野,惊喜地指着远方说,你看,你秦叔来了。

一个人影由远及近,好像随时可能被大风吹得无影无踪。父亲说,还不快去搀扶一下? 我跌跌撞撞地跑出门外。

秦瞎子被冻得瑟瑟发抖,说话的声音都有些震颤了。进屋,秦瞎子哈着手说,马瘸子,你咋受伤了? 父亲给他让座,讲述了受伤的经过。他叹一口气说,人的一生都是有劫数的,大劫过后必有后福。过了年,我去为你讨工钱。秦瞎子从怀里掏出一个包袱,抖开,是一串折叠着的红灯笼。

屋子里充满了喜庆。

我父亲眼前一亮,刚才还喊着疼得难受的他要坐起来。我劝他说,你的伤这么严重,是不能站起来的。父亲说谁说我不能站起来? 说着一用力,竟然真的站起来了,我们睁大了惊讶的眼睛。

拿酒来! 父亲大喊一声。

我被父亲的举动吓了一跳。我说你是不是疯了? 你们俩人可是从来不喝酒的。

我父亲说,这么喜庆的气氛,是不能没有酒的。

我只好倒了两杯白开水。俩人齐喊一声干,咕咚咚喝了个底朝天,然后一起大笑,连说好酒啊好酒。

俩人都醉了。

公子秦三

秦三是元城西街莲湖巷人,书香世家,城外有良田千顷,城内有三个铺面,经营绸缎生意,乃是元城西街首富。

秦三上有两个哥哥,夭折了,所以秦三自小娇生惯养,过着饭来张口的日子。秦三五岁发蒙,过目能诵,十三岁入法国人办的洋学堂读书。十八岁那一年,要去国外留学,秦府老爷子硬是拦着不让走,气得胡须颤抖,手提拐杖厉声斥责,指望着你这个王八蛋继承家业延续香火呢!老爷子发完脾气就张罗着给秦三完婚,早早找个媳妇拴住他的心。

没想到这秦三不能出国留学就整天泡在书房看书,古今中外,天文地理,看得大门不出,晨昏颠倒。家人怕他读书痴迷,中了邪,劝他出去走走。

这一走,走成了浪荡公子。

秦三染上了喝酒的臭毛病,而且酒量大得惊人,身上酒气冲天,不能喝酒的人近不得身。有一次喝高了,去怡红院睡觉,第二天醒来一看,怀里的妓女小月红醉得抬不起头了。

除了喝酒,秦三整天泡在赌场上。赌输了,变卖城外的良田,谁劝也不听。老爷子大骂逆子,一口气没上来,蹬腿了。父亲死后,秦公子没了约束,愈加放纵。赌友张良、李贵俩人小眼睛一眨巴,合谋怂恿秦三以家财和良田做抵,暗中联手赢他。秦三反倒不在乎,两年时间就把千顷良田输得干干净净。

莲湖巷的头面人物曲八爷出面,劝秦公子改邪归正。曲八爷算过一笔账,这么大的家业,是输不完的,莫不是被人算计,用到了别处?不料秦三眼睛一瞪,我自己的钱财管你屁事!

曲八爷自打嘴巴说,算我多事好吧?气哼哼地走了。

到了1945年日本人投降,九门相照的豪宅秦府已经变成了张良、李贵的家。

张良和李贵成了小财主,有了良田,住着美屋,抱着娇妻,喝着小酒,过起了美滋滋的神仙日子。

秦三没了田产可卖,开始打三个铺面的主意。不久,又要变卖家里的金银细软。

有一次秦三从赌场上回来,要卖家里剩下的家具,老婆哭,孩子叫,招来很多人看热闹。家具抬到了大街上,人们嗤嗤笑,说这败家子,把老子的东西糟蹋光了,到大街上睡啊。

秦公子站在门前的大青石上说,我卖东西你别笑,你卖东西没人要。

人们又是一场大笑。

最后一场赌,秦公子把小妾押上了。小妾跟人走时,不但不哭,反而像逃离苦海一样得意地说,俺早就跟你这个浪荡公子过够了。

只剩下发妻焦彩凤,拿一根麻绳向歪脖子枣树上系绳套,被秦三一把撸下来。焦彩凤坐地上大哭,秦三却笑道,该走的走了,该留下的留下了。

不久,元城土改,秦三被划为贫农。

张良、李贵被划为地主,不仅被没收了家财,还戴上纸糊的高尖儿帽子游街挨斗,叫苦不迭,说是中了秦三的圈套。这事儿一直延续到1967年,张良被打得头破血流,夜里自杀了。李贵不甘心,找到造反派说秦三才是真正的地主。

造反派来找秦三时,秦三正在村小学给孩子上课。秦三回家里拿出一张发黄的纸条说,打小日本,我可是做过贡献的,你们看看吧。

发黄的纸条上写着:今借到秦公子十根金条,革命胜利后加倍偿还。

落款是元城军分区司令黄大生。

偷　　窥

上初中二年级那一年,杨老师担任我们的班主任。

杨老师刚从师范学校毕业就分到了我们学校,梳着马尾辫,是个很阳光的大女孩。她的皮肤白白的,鸭蛋脸,说话的声音脆得像熟透的鸭梨。杨老师微笑着,身上总是有一股好闻的香胰子味儿。我听到好几个老师在背后议论说,真是想不透,这么漂亮的女孩儿应该留在城里,咋来到我们这个乡下的破学校呢。

我们学校是一所普通的乡下中学,离城80华里,一面是公路,三面是玉米田,被茂密的青纱帐簇拥着,连围墙也没有。由于偏僻,师生全住在学校里。

那一年夏天热得要命。午休的时候,校园里很安静,只有蝉在枝头聒噪。我心烦,悄悄溜出教室,想一个人到玉米田里捉蚂蚱玩。经过学校角落一个小房子的时候,我忽然听到哗哗的流水声。借着玉米田的掩护,好奇的我蹑手蹑脚来到小房子的窗边,用小刀在堵着窗户的纸箱上挖开一个花生米一样大小的洞。我的目光穿过小洞,心脏差点儿从嗓子眼里跳出来,一个雪白的胴体刺得我的眼睛怅然如痴。

是杨老师!等我回过神,嗓子眼一阵焦渴,差点儿喊出声来。

我像犯罪一样迅速逃离,一头钻进玉米田,有一种飞起来的感觉。可是又禁不住那雪白的诱惑,忍不住,又一次悄悄去看。第二天,我上课总是走神,特别是杨老师讲课的时候,我有些精神恍惚。杨老师走过来,摸着我红红的额头说,小蒙,你是不是生病了?我的头低低的,嗫嚅着说,没事儿。

第二天午休的时候,我发誓再去不去看了。可还是没有心思休息,两条腿像是不听指挥,又去了玉米田。

第三天,我觉着自己像偷盗一样罪不可赦,甚至害怕午休了。到了午休,还是控制不住自己的脚。当我心里咚咚跳着,再一次趴到小房子窗户上的时候,发现那个神秘的小洞被堵上了。我有些忐忑不安,禁不住取出小刀,颤抖着把堵上的纸团捅开。可是,这一次却什么也没有看到。我害怕地跑进玉米田深处,双手揪自己的头发。

下午上自习课,杨老师让我和刘大刚去她办公室一次。难道我的秘密被杨老师发现了?我感到少有的恐慌,有一种世界末日的感觉,不敢去碰杨老师的目光。

杨老师领着我们来到操场上。操场一侧是一排挺拔的白杨,另一侧是一排向日葵,长得膝盖一样高了。杨老师说,小蒙,从现在开始,交给你们俩一个任务,你和刘大刚每天午休的时候,到河边去提一桶水,给向日葵浇水,好不好?我如释重负,怯怯地抬起头,杨老师正甜甜地朝着我笑,两个好看的酒窝像是被小石子荡开的涟漪一样。我使劲儿点头。杨老师光滑的小手鱼一样在我的脖子上游动了一下说,小蒙,你和向日葵比一比,向日葵长得可快了,很快就会超过你的。不信?你可以每天中午拿尺子过来测量,看看向日葵一天能长多高。

我跑到玉米田深处哭了。

母亲爱听悄悄话

第六辑

一棵树的森林

一棵小枣树

夏浅春深的风儿飘来荡去,吹得常小伟心里一阵阵发紧。奶奶铁青着脸,闭着眼睛,坐在屋里的太师椅上岿然不动。

元城搞开发,要在这里建一个生态公园和广场。从春天开始,这里的住户就开始陆续搬迁了,一大片住宅被铲车推得七零八落,像是刚刚闹过一场地震。常小伟家的那三间小平房,幸存者一样,依然在碎石瓦砾中间挺着。

这个小小的院落有三间平房,门前摆放着一个腌制咸菜的瓮,一块大青石,墙角有一棵小枣树。常小伟一家不搬迁的原因是补偿费太少了,才三万元。尽管政府在远郊给他们批了一块地皮,可是三万元仅仅够盖一间半房子。这些年,常小伟家里厄运不断,先是爸爸患病,后来他开出租车轧人,接踵而至的祸端让他背上了喘不过气来的债务。有的人家两三处房子,拿了补偿款,鸟儿一样飞到另一个小窝去了,而常小伟离开这个小窝就得栖身街头。拆迁办刚开始通知他们搬迁的时候,常小伟的奶奶和一伙子老邻居搬着小马扎到拆迁办去抗议。拆迁办很会做工作,让常小伟的表哥来承包常小伟一家的拆迁。常小伟的表哥是年前才到政府办公室上班的。表哥也无奈,挠着后脑勺说,姥姥,你先到我家去住吧,你看别人都搬走了,只剩下咱们一家能抗得住?常小伟奶奶听了,差点

背过气去，骂道，你这个不知好歹的娃，才端上公家的饭碗就来逼我了？你干脆把我这把老骨头拿去换乌纱帽吧。表哥蹙着眉头说，你们一天不搬家，单位就不让我上班。我这不是没办法吗！

一天天挨过去了。表哥天天来，有一回哭丧着脸说，我花了好几万块钱才到政府上班的。常小伟说，表哥，我拆迁还不行吗？我宁肯到大街上去睡，也别让拆迁弄得咱们亲戚成了仇人。表哥笑了，说先搬到我家去住，咱们挤一挤，办法总是有的。

其实也只有这样了。

奶奶很犟，在太师椅上晃了一下，睁开眼睛说，祖祖辈辈就在这儿住着，我哪儿也不去，就让这老屋做我的坟墓吧。

不时传来大铲车的吼叫和房屋倒塌的声音，奶奶置若罔闻。

最后只剩下常小伟一家钉子户了。铲车开到常小伟门口的时候，表哥给奶奶跪下了，说你们再不搬迁，我的工作就完了，姥姥总该心疼我一下吧。

沉默的奶奶哇一声哭起来，哭得常小伟心里一颤一颤的。奶奶总算离开太师椅，向门外走。拆迁队帮着收拾东西，装到一辆大卡车上。住了几十年的小平房轰隆一声被推倒了。烟尘过后，一片狼藉。

奶奶突然像疯了一样转过身来，跑到铲车前，示意停一停。常小伟搀住奶奶问，是不是忘了什么没有搬出来？奶奶摇摇头说，小伟，你把墙角那颗小枣树移走。常小伟说，房子都没了，还要小枣树干什么？再说，郊外的小枣树多的是。奶奶跺跺脚，有些发怒了说，我让你移走就移走，你这孩子咋恁多废话？

常小伟只好找来一把铁锹，过去挖小枣树。

小枣树是几年前从墙角自己冒出来的，透着绿绿的小脑袋。常小伟要拔掉，奶奶不让。奶奶浇水整枝，小枣树一年长一尺高，如今已经像擀面杖一般粗细了。去年结了水灵灵的枣儿，奶奶摘下来分给邻居们吃。

土层坚硬,还裹挟着砖石。挖几下,常小伟头上汗涔涔的了。他抬起头想跟奶奶商量,话还没出口,奶奶的目光像刀子一样剜了他几下,走上前夺过常小伟手里的铁锹,朝着地上一阵猛挖。

常小伟有些不敢相信自己的眼睛,奶奶平日里连一盆水也端不动,如今挥锹刨树,动作那么猛烈,是不是着了魔?

只见奶奶扔掉铁锹,弯下腰,向手心吐口唾沫,双手抓住树身猛一用力,竟然把小枣树拔出来了。围观的人一阵喝彩。

奶奶不说话,扛着小枣树,摇摇摆摆地走了。

木　锤

木锤在街上走,这个问,五爷吃饭了没?那个也问,五叔干啥啊?以前,木锤是村长,村里人见了他都是这样挣着和他打招呼。如今木锤不是村长了,村里人还是这样和他打招呼,木锤都有些不好意思了。特别是老粗,见了他像是想念他很久了,大老远就喊五叔。还有前天,二葫芦的孩子结婚,二葫芦请木锤主持婚礼坐上席。

木锤就想,你们怎么就不恨我呢?

村子是个穷村子,木锤当了 20 年村长。让木锤风光的是县里每年要给村里一些救济款。秋后,这笔救济款要下来的时候,村里人便会争相到木锤家里去,这个喊五叔,那个叫五爷。当然也不会空着手。

那时候木锤最讨厌的是老粗。老粗家里孩子多,吃了上顿没下顿,每年要救济款都有他。老粗提着一篮子鸡蛋赖在木锤家里不走,说五叔五叔,我家孩子多,你就可怜可怜吧。木锤黑了脸说,你们这一群抢食儿吃的狗,要知道救济款救急不救贫。再说你家孩子多怨谁?孩子多也不是我的功劳啊。

那年,木锤硬是没有给老粗救济款。木锤不是不给老粗救济款,是因为老香。老香在南方做生意赔了钱,来找木锤要救济款。老香跨进木锤家门,手里既没有提着鸡蛋,也没有带着香烟,老香的话把木锤吓了一跳。老香说,五叔,你给我救济款,我给你一半回扣。

木锤把救济款给了老香,当然就没有了老粗的份。后来年年这样,木锤家盖起了小洋楼,还黏着白瓷砖。

年前选举,木锤落选了。木锤也不悔,自己年龄大了,就让年轻人去干吧。这些年吃遍了周围的饭店,也够风光的了。不用再去乡里开会,也不用整天在广播里说三道四了,木锤没事做,就种了半亩西红柿。

西红柿熟透了,他摘下一大筐,摆在村头。有人走过来,木锤大老远就打招呼说,吃吧。来人摆摆手就过去了。又过来一个人,他说,吃吧,不要钱的。来人冲他笑笑,走了。

木锤觉着很失落。

有一个小孩子走过来,他挑一个又大又红的西红柿给小孩子。小孩子吃了,木锤觉着挺高兴。过一会儿,小孩子的娘从家里出来,要给木锤一块钱,木锤就有些生气了。木锤说,小孩子吃一个西红柿咋能要钱呢?别说是小孩子吃了,就是你们都来吃,我也不会要钱的。小孩子的娘冲着木锤点头哈腰,扔下一块钱,逃命似的跑走了。

西红柿没人吃,木锤比挨打还难受,干脆也不到地里去看着了。心说,都让村里人偷走才好呢。

过几天去地里看看,一个个都熟透了,还有的烂掉了。木锤纳闷,咋就没人来偷呢?

从地里回来,木锤病倒了。老粗来看他说,五叔啊,别硬撑着了,赶明儿我打电话让孩子们开车送你去医院,想当年您可是没少帮了我们一家。

老粗的孩子都有出息,最不行的是乡派出所的所长。

二葫芦也来看木锤。二葫芦说,五爷啊,你想吃啥?我去给你买。

木锤张开眼睛说,二葫芦啊二葫芦,我对不起你,你恨我吧,我收了老香一万块钱,昧着良心不让你承包窑厂。

二葫芦说,都是陈芝麻烂谷子的事了,不要提了,我现在不是很好嘛。

木锤在乡卫生院住了几天,病好了。木锤门前是一条通往乡里的泥土路,坎坷不平。木锤没心思在他的小洋楼里享清福,手里拿着一把铁锹,平整起道路来了。前边还有一道坡,有时候他就在坡前等,有车辆过来,他就放下铁锹,上前去推一把。

村 长 老 索

老索是村里的人精。不是人精能当村长吗?东家长、西家短,村里的任何一件事儿,只要老索出面,准能摆平。

村子属城郊,县里搞开发占用村里的土地,每亩赔偿两万元,村里人不同意。老索每天早晨起来,第一件事儿就是拧开喇叭,扯东道西,讲大

道理。讲得鸟儿都听烦了,村里人的心才开始松动。

老索从广播室出来,背着手来到村头,遇上老五。老五以为老索是来找他做思想工作的,抢白说,村长,俺想通了,下午就去签字。老索把老五拉到路边,压低声音说,每亩地才赔偿两万元,咱们是不是太亏了?听说开发商佥总能赚几千万呢,不能便宜了这家伙。

老五瞪圆了眼睛,真的?我的亲娘四舅奶奶,村长你真是俺们的贴心人。

老索说,会哭的孩子有奶吃,这个道理你不懂?

老五愣一下,笑了,我们这就去乡政府上访。

老索说,我不能出面,你们不要说是我说的。

老五拍拍胸脯子,村长你放心,你替我们着想,我们绝对不会出卖你。

下午,老五带着一伙人来到乡政府,跟乡长说,我们卖了土地,以后吃啥喝啥?开发商转眼就赚几个亿,给我们赔偿的也太少了。这事儿处理不好,别怪我们越级上访!

乡长听了,很头疼,一边跟开发商老佥打电话协商,一边通知老索来乡里,把上访的群众带走。老索一阵风似的,赶到乡政府,冲老五丢个眼神,发脾气说,你们这伙人,有事儿跟我说啊,怎么能扰乱政府办公呢?快回去,快回去。

老五会意,挥挥手,一伙人撤了。

乡长铁青着脸,跟老索商量如何堵漏子,开发商老佥推门进来了。老索慢条斯理地说,乡长啊,佥总啊,你们也得替群众想想,祖祖孙孙靠土地生活,三五万块钱能花几天?日子可是长着呢。补偿款不提高,我也没法给群众交代啊。

乡长说,你说补多少?老索伸出三个手指说,三万。

佥总说,太多了,不行不行。

老索摊摊手,那我真是没法做工作了。你们也听见了,我可是天天广播,群众是铁板一块,我也不能强制大家签字啊。乡长,你把我这个村长撤了吧,让畲总亲自去做工作。

乡长瞪了老索一眼,跟畲总说,离开老索更玩不转,你委屈一下,两万五咋样?

老畲说,为了赶工期,只要能提前签字,可以考虑。

老索说,群众工作难做啊,现如今群众的觉悟高,懂政策,弄不好要到省里、到北京上访呢。我还得挨家挨户去说好话,连活动经费也没有,我为你畲总办事儿,图的啥?

畲总知道老索的意思,咬咬牙,只好拿出两万元给老索。

老索说,你的钱,我要花到刀刃上,尽量把赔偿款降低到两万二。

畲总乐了,老索够意思,办成了,回头我不会亏待你。

回到村里,老索拧开喇叭开始广播说,我老索像孙子一样跟畲总好说歹说,把老脸贴上了,人家总算每亩地赔偿两万二,已经不少了。你们算算账,风里来雨里去,累死累活,除了化肥、种子、农药,能挣几个钱?现在有补偿,已经是烧高香了。再说土地是国家的,国家搞建设你是挡不住的,不要得寸进尺,到时候没有好果子吃。

第二天,群众都在赔偿协议上签字了。老五说,当初我们没选错,老索真是我们的好村长。

畲总非要拉着老索喝几杯。畲总喝醉了,给老索塞红包,还拍着老索的肩膀说,老索帮了我的大忙,够意思,够意思。

年终,老索被评为维护稳定先进个人。表彰会上,老索捧着证书和奖金,笑成了一朵花。

你　　好

老耿感觉腰腿疼,夜里睡不着。正好这几天农闲,棉花杈子不用打,玉米田也不该喷药,老耿就给城里的儿子小耿打电话,去县医院看病。

小耿去年从部队转业,到县委办公室做副主任,官不大也不小。小耿借了一部车把老耿接到县城,找大夫拍了片子,说没事儿,先拿一些药,吃几天再来复查。

小耿接到通知,要去市里开会。小耿就说,爹啊,你难得来城里一趟,我给你安排宾馆,你先住下,逛逛街,等我回来再说。老耿一听,把手摆得像风吹旌旗,算了算了,骑在宾馆的马桶上我拉不出屎。小耿说,那咋办?老耿沉默一下说,我在你办公室住吧。你的办公室挺好的,闲着也是闲着。小耿说,那就委屈你了。老耿笑着说,不委屈,住衙门,多威风啊。小耿说,那您就在我办公室住,前面有食堂,你尽管去吃饭。办公室后面有个小树林,你没事了就到那里散散步。

老耿拿着小耿给的一沓子饭票,吃完饭就去小树林散步。有的人知道他是小耿的父亲,碰面就和他打招呼说,你好。

见人家和自己打招呼,老耿脸上像开了一朵花,冲人家点点头,回问一声:吃了?

在老家,人们在街上碰面都是这样相互问候的,显得亲热。有时还要问您干啥去？表示关心。

问候的人笑笑，走远了。老耿望着那人的背影心里乐。

老耿发现这里的人见他都是笑眯眯的，那笑就像是一个模子里脱出来的，而且那笑容在脸上来得快去得也快。心想，还是公家人有礼貌，干脆自己也主动一次。第二天，他早早站在院里，见有人过来就迎上前去问道，吃了？您干啥去？

来人都是和他微微一笑，摆摆手说声你好，就擦肩而过了。

老耿疑惑，这些人咋了？就会说俩字啊，你好。别的啥也不说。老耿心里疑惑不解。

大院一角有个小花园，红花、黄花开得格外艳丽。老耿踱步过去看看，有个农民打扮的老头手里握着一把大剪刀在修整枝杈。老耿心里一热，忙打招呼说，吃了？老头抬起布满褶子的脸膛笑笑，俩人就聊起来。原来老头也是农村来的，在这里干了三年了。老头告诉老耿，说他是专门在这里种花的，不累，浇浇水，修整一下花草。俩人越说越投入，老耿说这公家人就会说俩字，你好。老头一听哈哈笑，说你见了人不能问吃了，好像当官的就会吃饭。更不能问干啥去，领导干啥去，还要向你汇报啊？这是个人隐私，不能盘问的。

老耿脸一红说，这些当官的，脸蛋洗得像女人屁股一样白，衣服穿得像新女婿见老丈人一样新，臭规矩倒是比牛毛还多。

话是这样说，老耿觉着老头说得有道理。再和人碰面，老耿也试探着说，你好。慢慢地，老耿觉着这样蛮好的，自己仿佛文明了许多。

又过几天，小耿从市里回来，就有人冲小耿笑笑说，吃了？小耿脸一红，知道这是爹闹的笑话。小耿带着老耿到医院复查，取一些药，直接送老耿回家了。

走在村里的大街上，老耿见六爷在晒太阳，问道，你好。六爷像打量外星人一样，绕着老耿转了一圈说，废话，我一直好着呢，你咒我死啊？

母亲爱听悄悄话

老耿忙解释说,不是那意思不是那意思。六爷吹胡子瞪眼,你啥意思? 老耿说,县委大院的人见面都是这样说话。六爷说,你在县委大院住了几天就变了味了? 呸!

老耿生气地回到家,心说这都哪儿跟哪儿啊。这时候,砰一声,大门被人一脚踹开了,是六爷的老伴儿六奶奶。六奶奶一进门就指着老耿说,你为啥咒你六爷? 你进城住几天,倒是学会讽刺挖苦人了!

老耿哭笑不得,说我这不是学人家城里人说话吗? 六奶奶不依不饶说,你在城里住几天就是城里人了? 装啥洋蒜? 有本事你到城里住着别回来。

六奶奶走的时候还在骂老耿,你好是啥意思? 你好你好,你老耿才好呢。

老耿没想到撞了一鼻子灰。看着六奶奶的背影,跺跺脚说,我好就我好,我就是比你好。

一棵树的森林

天麻麻亮,村长五福就睡不着了,拧开大喇叭开始广播,说是今天上午村里要选举,不许村里人外出。

选举是一件大事,五福这几天可是没有少忙活,腿都跑细了。为了多拉几张选票,他雇一辆车,把在外地打工的几十口子全请回来了。

五福心里清楚,最关键的是要到老黑家去一次,这是必须的,他感觉老黑这一次和以前不大一样。村里每次选举,老黑都是候选人呢。当然了,让老黑当候选人是他五福摆的阵。老黑虽说识几个字,可是老黑是外来户,平日里穿戴邋邋遢遢,说话结结巴巴,走路一拐一拐,见谁也是笑眯眯的。村里人都喜欢拿老黑开涮,比如说一伙子人正扎堆说话,说起谁家的母猪发情了,就说快让老黑去帮忙吧。有时候一只狗在街上走,就会有人喊老黑说,老黑老黑,找你呢。

老黑也不急,嘿嘿笑。

让老黑当候选人是因为差额选举,让老黑来当这个差,说白了就是托。反正村里人谁也不会选老黑的,除非这个人脑子灌水了。村里每一次选村长,当然要在五福的名下画钩了。村里人才不选老黑这个傻家伙呢,就是村里剩下两个人也轮不到这个傻家伙当村长。村里好多年都这样过来了,倒也相安无事。可是前几天五福听人说老黑在村里放风,假如让他老黑做村长,就把村东公路边上的荒坡地开发出来,盖上房子搞租赁,用租赁费建一个养老院,把村里70岁以上的老人全寄养在那里。

听到这个消息,五福就去找老黑说,我看你是村里的单门独户才让你当候选人哩,体现一下民主,没想到你蹬鼻子上脸啊,谁让你在外面瞎说呢?

老黑说,你也不能管住俺的嘴巴啊,再说了我也不是想当村长,不就是随便说说吗。

五福说,不能说就是不能说,现在是稳定压倒一切,你再瞎说我就让派出所把你抓走关几天。

五福没想到的是老黑竟然不理他。老黑说我咋就不能说了?美国选总统还允许竞选演讲呢。五福也急了,说那你咋不到美国当总统去?

老黑的嘴巴张了几下,哑然了,看看五福,咽了口唾沫。

五福临走甩下一句话说,在我这一亩三分地上没有你说话的份。若

母亲爱听悄悄话

不是把你的名字已经报到乡里备案了,我马上撤换候选人。

说归说,今天就要正式选举了,不能出差错。乡里还要来人呢,如果老黑再瞎说就坏事了。更可怕的是村里竟然有人说这一次选举就是要选老黑。

五福正要敲老黑的大门,老黑媳妇从家里慌慌张张跑出来,一头撞进村长怀里。村长吓了一跳说,慌啥呢?老黑老婆一看是村长,就鼻涕一把泪一把地哭得玉石俱焚,说我正要找你呢,大事不好了。五福说别急,别急,慢慢说。老黑的老婆向家里指了指说,村长啊,你快去看看吧,刚才你在喇叭里喊选举的时候,老黑变成一棵树了。

村长五福听了一怔,不相信。可是到院子里一看,果然一夜之间多了一棵大树。五福禁不住围着树转了一圈,用手拍拍树干,正好一阵风吹来,树叶子哗哗响,就像老黑在说话。村长吓了一跳,脊梁骨一阵发凉。

村长心说要都像老黑这样,村里就变成一片森林了。

晒 太 阳

腊月快要过完了,还是没下雪。王老太太出屋看看,是个晴天,就说老东西,出来晒太阳吧。

邻居的房子高,都是新盖的小洋楼,挡住了风,却挡不住阳光,满院子暖暖的阳光像水一样缓缓流动。王老太太搀扶着王老汉从低矮的泥坏屋里出来的时候,一只鸟儿落在院里的枣树梢上叫得正欢,和邻居楼顶上的那只鸟一唱一和,像是对情歌儿。王老汉在门前的大青石上坐下来,王老太太转身回屋里拿出一个小棉褥子塞到王老汉的屁股下说小心着凉。

王老太太问冷吗?王老汉说不冷。王老太太还是脱了王老汉的靴子,把王老汉的脚拉进自己的怀里捂着。两个人依偎在一起,一个说瞧这阳光多好,另一个说今天挺暖和的。

王老汉说我闲着也是闲着,给你掏掏耳朵吧。王老太太嗯一声就闭上眼睛。

王老汉年轻的时候当过兵,是从死人堆里爬出来的,后来转业到城里工作。有个相好的,像骚狐狸一样缠着王老汉,王老汉没办法,要跟王老太太离婚。王老太太死活不答应,王老汉就天天打王老太太,王老太太头上有一块疤就是王老汉用刀砍的。王老太太也不吭声,给王老汉洗脚,押被窝,伺候得服服帖帖,像个傻丫环。王老汉没办法,一跺脚把离婚协议撕得粉碎。

王老太太说,你如果不回家当农民,现在也是老干部了。王老汉说,不能那样说,战友小梁,午饭时还给我一个鸡蛋,天不黑就牺牲了。小梁才20岁啊!那一场战斗,死了200多人。跟小梁相比,我可是幸运多了。再说哦,咱不回家种地,1963年就饿死在城里了。

一只鸡从鸡窝里出来。王老太太说,老东西,中午有好吃的了,给你冲一碗鸡蛋茶。王老汉舍不得吃,就说不喜欢吃那东西,腥气。王老太太说等张庄的羊贩子来了,咱卖一只羊,给你买棉靴子,别把脚冻了。王老汉说不能卖一只羊,要卖就全卖了,剩下一只没了伴儿多孤单啊。王老太太说那就把两只羊全卖了,过年的钱也有了。

过年哪里花得完两只羊的钱啊,也该去看看大宽了。王老汉嗫嚅着说。

大宽是他们的儿子,前年还是县里的建设局长,犯事了,被判了几年,在三百里外的漳河农场。

一说大宽,王老太太脸有些凄楚,说我赶个集,多买一点葵花籽带着,大宽从小爱吃葵花籽。王老汉就说那是他小时候的事了,为了他,我年年种向日葵,后来他不喜欢吃了,我也不种了。

王老太太说还是要带上一包葵花籽的。

想当年王老汉可是一个壮汉,这泥坯屋就是他从大北沟拉土垛起来的。儿子在城里安了家,也把他们接到了城里住,说永远也不要这个破家了。儿子出了事,儿媳妇带着孩子走了,房子卖了还债,他又回到了这里。这几年周围的邻居都盖起了小洋楼,王老汉也想盖,等儿子出来后让儿子在老家住,不去城里了。没想到今年春天患了偏瘫,小洋楼盖不成了。

院子里没有风,王老汉觉着身上被阳光舔得麻酥酥的,好舒坦。他的手伸进口袋里,摸到一块糖。想起来了,那是前几天乡里的杨民政慰问建国前的老复员军人时给他带来一斤糖果,剩在口袋里一块。王老汉摸索着剥去糖纸,神秘地说,花儿,你闭上眼睛。

花儿是王老太太的小名,这名字已经有五十年没人喊了。王老太太心里一阵紧。

王老太太不知咋回事,就闭上了眼睛。王老汉把糖块塞进王老太太的嘴里。

老东西,没白疼你,还知道亲我。王老太太笑了。

王老汉说你别高兴得太早,你还得帮我一个忙。

王老太太说帮啥忙? 说。

王老汉说,我背上痒痒,你给我挠一挠。

王老太太说就这忙? 好啊。说着就挽衣袖子。王老汉心说这老婆子,挠个痒成了大事儿,像过年杀猪似的。

残 疾 人

村头的大喇叭广播说,让申报残疾人,先找村长报个名,民政部门确认以后,政府每个月发给生活补助。老申就想,真是赶上了好时代,取消了农业税,有了合作医疗、低保,如今又开始关注残疾人了。

说到残疾,老申也够格。那一年漳河发大水,他晚上带人在大堤上巡查,摔伤了腿,在元城医院住了两个月,留下后遗症,走路稍微有些颠。可是不影响干农活儿,吃得饱,穿得暖,不缺零花钱,小日子过得挺美的。儿子在元城开了一家服装店,生意很红火。儿子还给他安了空调。老申不想申报,老申说让政府的钱去帮助别人吧。

老申到街上走走,发现好多新鲜事儿。村长家里像过年,不断有人进进出出,有的拖着一条腿,有的挎着胳膊,还有的捂着眼睛,手里多了一根盲杖。

老申遇到老任。老任走路晃晃悠悠,嘴里哎哟哎哟直叫唤,像是吞了一块发烫的山药。

老申说,昨天傍晚还见你走路像一阵风,咋一夜之间就瘸了?

老任脸一红说,我这老寒腿,前几年就残疾了,你没发现?说着,一瘸一拐走远了。

老申望着老任的背影冷笑,心说,喊来一条大狼狗追着你,你比兔子

跑得都快。

一抬头,又看到张三桥。张三桥翻着白眼,手里提着一根盲杖,在前面敲敲打打,从村长家里走出来。老申说,张三桥,前天还见你在田里捡豆子,咋就瞎了呢?

张三桥脸一沉,翻着白眼说,我就是瞎了,碍你什么事儿!

老申故意逗他,大声说,这是谁的钱丢了?

张三桥睁开眼睛,弯着腰在地上寻找。老申哈哈大笑,张三桥才知道上了老申的当,哼一声,提着棍子走了。

一夜之间冒出来这么多残疾人,老申感到好笑。

儿子从元城回来了,一进门就跟老申说,爹,你的腿不是残疾吗,咋不去申报?

老申说,你养不起爹了?

儿子说,咋会呢,我的意思是残疾人享受生活补助,每个月一百块钱呢,不要白不要。

老申说,我说我残疾,政府就相信?

儿子说,你到街上走一遭,故意做做样子,我跟县医院的马医生很熟,找他开个证明,准行。

一团火苗子在老申心里蹿来蹿去。老申镇静一下,跟儿子说,你去申报吧,我看你残疾了。

儿子愣愣神说,我身体好好的,咋就残疾了呢?

老申说,我看你的残疾很严重。

老申说完向外走。儿子痴呆呆地愣在那里。

二　纪　委

王大明,元城徐街人,退休干部,人称"二纪委"。

这绰号是有来头的。

学校不接收吴老二的孩子,王大明来找刘校长问原因。刘校长塌蒙着眼皮说,吴老二的孩子调皮,难管教,成绩又差,不能让一块肉坏了满锅汤。王大明说,学校就是教育人的地方,孩子不是苹果,也不是梨,你咋能挑挑拣拣呢?

刘校长语塞,没好气地说,又不是你的孩子,你少管闲事。王大明说,咋成了闲事儿?孩子将来也许是科学家,也许还是教育局长呢。你不教育他,说不定他就会变成杀人犯。刘校长的脸拉长了说,反正这孩子我不收。

王大明碰了一鼻子灰,直接带孩子去县城,坐到教育局门口,说刘校长剥夺了孩子受教育的权利。结果刘校长挨了批评,差点被免职,只好收了孩子,还给王大明道歉。

村里划分宅基地的节骨眼上,村长王半斤要给老娘办周年。王大明心里纳闷,王半斤的娘才死两年零三个月,咋办起周年来了?这里面定有蹊跷。王大明坐在王半斤家门口,谁来送礼,都记在本上。

王半斤说,叔,你这是干啥?王大明说,我看看都有谁给你送礼。

闹得王半斤老娘的周年没办成。为这事儿，王半斤恨王大明，恨得牙根疼。

徐街通向乡政府的路两侧是高高大大的白杨。王半斤把树卖了，说要修路。后来路没修成，卖树的钱也不了了之，有群众到县里上访。王大明去找王半斤问这事，卖树的钱哪里去了？你得张榜公布，向群众解释清楚。王半斤生气地说，你是我叔，咋和他们一个鼻孔出气？王大明说，我这是在救你，你应该感谢我才是。王半斤不高兴了，说卖树的钱为了修路跑项目，请客送礼了。王大明说，账呢？王半斤说，没账，送礼的钱咋下账？

王大明说，你说不清，有说得清的地方。过几天，县里派人来查账。结果王半斤被撤职，退出了一部分钱。王半斤气得眼睛喷火，王大明，你不是我叔！你是王连举。

村里选举，王大明推荐王半斤做候选人。王大明说，虽然王半斤犯过迷糊，但他还是有魄力，也有威信，只要好好干，还是好领班。王大明话刚落音，大家齐声鼓掌，都投了王半斤的票。小黑板上记录票数，一张选票画一笔，五张选票画一个"正"字。选举完毕，王半斤名字下面一串长长的正字。

王半斤当选，感激地望着群众，望着王大明。

王大明走上主席台，指着小黑板问王半斤说，王半斤，你看这一串票数像什么？

像什么？王半斤心说你王大明在玩什么鬼把戏？王大明说，这一串正字就像一个小梯子，你是沿着这个小梯子爬上去的。再看这个小梯子，是一个个"正"字组成的。这一个个"正"字是一颗颗群众的心，是在警告你要走正路。

说完，王大明转身走下主席台。

王半斤望着王大明的背影，泪汪汪的，扯着嗓子大喊一声二叔。

马 二 嫂

在元城,一听说有人打架,家家户户都闩上门躲起来,害怕染上自己。比如说谁打伤了谁,打官司要你作证,大家都在一条街上住着,低头不见抬头见,向潘还是向杨?

也有不怕的,就是东街马二嫂。

马二嫂正吃饭,听到街上吵闹,端着饭碗向街上跑,吃饭看热闹两不误。看完打架回来还绘声绘色地向邻居们讲述,谁因为孩子把谁打得头破血流,谁弟兄两个因为财产分不均,谁把谁的门牙打掉两颗。马二嫂说得口吐莲花,比听评书还精彩。有一次马二嫂正在蒸馒头,急着出去看打架,回来把一笼馒头蒸生了,喂狗,狗都不吃。气得马二哥骂她,你爱看打架学老婆舌的德行,早晚有一天要出事。

谁家死了人,马二嫂还爱看出大殡。王掌柜死了,马二嫂跟着看,说王掌柜一群儿子有的哭得鼻涕一把泪一把,有的干打雷不下雨。马二嫂还模仿王掌柜儿子的哭相,让人唏嘘不已。有一个年轻媳妇寻了短见,马二嫂前前后后跟着看,一边看一边流泪,说丢下一个吃奶的孩子可怜啊,临走还掏出一百块钱给了孩子。

马二嫂还有一个嗜好就是看车祸。嘴里说吓死了不敢去,两只脚大老远地跑去围观。经常看得忘了做饭,马二哥回家灶清火冷,自己动手。饭做好了,马二嫂也回来了,嘴里一连串的惨不忍睹啊惨不忍睹,把那残酷的场

面描述一番。马二哥哪里有心思听,说你这娘们咋就喜欢看人家不幸?

看了车祸,马二嫂一连几天做噩梦。见到开车的就招呼,开慢点,注意安全。

有一次家里丢了一只鸡,马二嫂心疼得不行,上到房顶上咒黄鼠狼骂蟊贼。骂一阵子坐到地上一边哭一边像夸赞功臣一样,诉说这只鸡的勤快。街坊邻居来劝她,依然哭得比丢了一只骆驼还要伤心。没办法,只好把马二哥找回来。

马二哥跟马二嫂说,咱家才丢了一只鸡,人家二婶家丢了三只鸡呢,二婶你说是不是?二婶见马二哥冲她递眼色,就顺着马二哥的话说是哩,是哩,俺家丢了三只鸡。

是吗?马二嫂不哭了,也不骂了。

马二哥又说,福彩家丢了八只鸡呢,人家也不生气。福彩你说是不是?

福彩见马二哥向他递眼色,就说是哩是哩,俺家丢了八只鸡。

马二嫂站起来就向屋里走。一边走一边拧鼻涕,还说老娘累了,喝口水去。

二 十 个

想当年,母亲半小时生下俩儿子,喜得父亲一口气跑到打麦场上翻了二十个跟头。尽管那时候生活很艰苦,家里少吃没穿的,父亲还是喜滋滋地把鸡窝里正在下蛋的老母鸡抱出来送给了接生婆。

徐三和徐四这哥儿俩长得一模一样,像两只活蹦乱跳的小山羊,一起上学,一起到合作社帮着父亲劳动,有时候还要帮着母亲抬水。有一次逛庙会,父亲一只手牵着徐三,一只手牵着徐四,来到一个卦摊前,吴瞎子,你算算俺这俩儿子有没有当官的命。

吴瞎子翻着没有瞳仁的白眼算了半天,笑嘻嘻地说,你这俩儿子命好,都是当官的命,虽说官不大,都能管二十个人呢。父亲听了说,是个官就行。父亲一高兴,给吴瞎子买了二十个肉包子。

徐三和徐四一起上学,一起毕业,又一齐落榜,回到生产队参加劳动。二十岁那年,哥儿俩有一个共同的志愿,当兵。可是这一年父亲瘫痪了,哥儿俩只能走一个,另一个留在家里照顾家。徐三跟徐四说,我是哥,留在家照顾父亲,你参军吧。徐四说,哥,还是你参军吧,我留在家。哥儿俩相互推让,只好捏蛋儿,一个纸条上写着参军,一个纸条上写着在家,拣成蛋蛋撒在院里的大青石上。结果,徐四手里的蛋蛋摊开了,写的是参军。

这都是命运的安排,咱家靠你争光呢。徐三送弟弟,说不完的千言万语。

徐四来到部队上,在一次抢救山火中立功了,做了班长,管理手下二十个士兵。想起小时后吴瞎子的偈语,徐四笑笑。

1980年,徐四转业到元城县一个事业单位做了小科长,手下有二十个科员。说起来也怪,一连二十多年,徐四再也没挪地方,也没有升迁。做了二十年的科长。曾经有过被提升为副局长的机会,被一封检举信搅黄了。尤其是几个副科长之间很不团结,相互拉山头。眼瞅着徐四快要退下来了,几个副科长根本就不听他指挥,工作搞得一塌糊涂,他都有些驾驭不了局面了,被年轻的局长批评了二十多次。

心情不好,二十号这天,徐四赶了二十多公里的山路,回老家来看哥

哥,把心里话跟哥哥说说。

徐三这几年孩子大了,自己无忧无虑,买了一群羊,每天哼着小曲在漳河滩上放羊。见当官的弟弟从城里回来了,徐三找个背风的地方,向地上一躺说,你咋回来了?

徐四就说单位的事儿让他头疼。徐三说,你想开点,再凑合几年就退休了,有份工资多好啊。

有几只羊要去吃远处的禾苗,徐三看见了,一吹口哨,有的羊回来了,还有两只不听话,徐三跑过去,扬起手里的鞭子啪啪抽打,一边打一边说,让你不听话!让你不听话!

打完那几只贪嘴的羊,徐三回来笑笑说,不听话就该打。

徐四说,哥,你养一群羊,收入还行吧。徐三说,我养着二十只羊,生了小羊羔,卖掉,换成钱。自己花不完,余下的钱给了孩子们。

徐四说,二十只?哥啊,你还记得当年吴瞎子给咱们算卦的事吗?

徐三皱皱眉说,什么算卦?想不起来了。说完,徐三哈哈大笑,兄弟,别看我是个羊倌儿,逍遥着呢。你难得回老家一次,走,中午杀一只羊,把孩子们都叫过来,喝酒。

徐三一吹口哨,羊群咩咩叫着奔过来。徐三打个响鞭,赶着二十只羊在前面走,不停地抽打着不听话的羊。

徐四在后面跟,徐四有些羡慕哥哥。

索 赔

往年这个时候,玉米已经吐红缨子了,如今却是一片枯黄。

玉米是被小河里的水熏死的,这三亩地比二秃子的头顶还光呢。李大嘴说罪魁祸首是村边的化工厂。从去年开始,村里的水就不能吃了,有一股子怪味,村里人带上水去市里的环保局上访,半道上被村长拦截回来,说是化工厂给咱们想办法呢。后来化工厂给村里打了一眼深井,总算解决了吃水问题,还给家家户户安上了自来水。村里修路、建学校,化工厂出钱,村里修庙、唱戏也是化工厂出钱。这一次李大嘴三亩地的玉米死光了,理所当然要化工厂赔偿了。

李大嘴手里提着俩瓶子推开厂长的门,说了原委。厂长满脸堆笑,连忙给他倒茶递烟,打电话让一个小妮儿送过来一千块钱。李大嘴说,你想打发讨饭的啊?俺可是三亩地呢,少说也得给俺三千块钱吧?

厂长有些生气了。厂长说你们不能动辄就找我要钱啊,你们村里啥事情不是我出的钱?先不说打井修路建学校,就是死了人也来赖我。哪个村没有得癌症的?难道说医院里那么多得癌症的都是让我污染的?屁大一点事儿就找我要钱,我这里又不是银行。这样下去,干脆我的化工厂改成印钞厂得了。

一通连珠炮打得李大嘴晕头转向。李大嘴半天才回过神,摇晃着手

母亲爱听悄悄话

里的瓶子说,你不给,我就去环保局告你。厂长哼了几下,说你以为你那俩瓶子是炸弹啊?简直是敲竹杠。你嫌少,我还不给了。厂长把那一千块钱装进自己的口袋说,你去告吧,我等着,不知道环保局在哪里,我可以派人带你去。

厂长说完,夹了一个皮包向外走。李大嘴没想到会是这样的结果,望着厂长的背影吐了一口痰说,我就不信告不赢。

第二天起了一个大早,李大嘴要去市里告状,村长来了。村长盯着李大嘴手里的俩瓶子,怒气冲冲地说,李大嘴,你给我惹大祸了。

二叔,咋了?李大嘴管村长叫二叔。

村长说,咋了?我还想问你呢。就因为你去化工厂要钱,人家要搬走了。李大嘴说搬走才好呢,省得他污染咱们。村长生气了,说你个混蛋,化工厂搬走了,咱村里吃水谁管?唱戏谁出钱?

李大嘴说我要生存,我要环境。村长黑了脸说,你要你娘的脚!你少他妈的从书本上给我整词。拍拍良心想一想,你以前过的啥日子,现在啥日子?你要知道化工厂是咱们的摇钱树啊,谁家没有沾过化工厂的光?农闲了,你还可以到厂里打工挣钱呢。你的日子越过越好,还不得感谢化工厂吗?如果化工厂搬走了,不但你没钱花,村里、乡里也都没了钱花。这不,刘乡长听说了,把我骂了一通。以后你们要钱,要有个章法,必须通过我,一个村子的人都去乱要钱岂不乱了套!

村长又说只要你听我的,要钱的事包在我身上。

吃午饭的时候,村长找到了厂长说,这个该死的李大嘴啊,真是拿他没办法。现在好了,我替你摆平了,以后再有这样的事情让他们先找我,由我来处理,是吧厂长?

厂长笑笑说,就是啊,总得讲个程序吧。厂长留村长吃饭,村长也不客气,喝得脸蛋红红的,说我们种田人也不容易,把他们惹急了啥事也做得出来。依我说,李大嘴要三千,你给李大嘴两千五百块钱总算可以吧?

厂长沉默了一会儿说,看在你的面子上,就两千五吧。以后村里的事你可得给我挡着,再有人来捣乱我就搬走了,现在好多地方抢着让我搬到他们那里呢。村长的眼睛眯成一条缝说那是,那是。

吃晚饭的时候,村长给李大嘴送来一千五百块钱,说化工厂只给一千,我好说歹说总算多要了五百。你那三亩地除去种子化肥农药浇地,也算可以了,你小子不劳而获,省得你撅着屁股在田里卖力气了。

李大嘴想想也是,心里挺感激,就拉村长屋里坐。村长说一声告辞,转身就向外走。李大嘴回屋里提了一兜鸡蛋去撵村长。